ケチる貴方

石田夏穂

Kaho Ishida

講 談 社

目次

ケチる貴方

生まれてこの方、自分より手の冷たい人間に会ったことがない。握手会を催す立場ではないから、他人の手に触れた機会は子供の頃に集中している。私が子供だった頃は、しょっちゅう誰かと手を繋ぐ機会があった。私の繋いだ手はどれもしっとりしており、そして、温かかった。ケイちゃん、手え冷たっ。毎度毎度、氷のような手に驚かれはしたものの、だからと言って手を離されなかったのは、仁義というやつだったのかもしれない。

子供は高体温と相場は決まっている。私は子供なりに肩身が狭かった。大人達は「ずいぶん冷えてるねえ」と、私の手を摩《さす》った。ほどなく大人も子供も体温の高い人とより積極的に手を繋ごうとすることに気づいた。それはもっともな話だ。大抵の人は水風呂より普通の風呂を好む。

子供なのに低体温だと健全じゃない感じがする。いかにも運動不足の現代っ子のようだ。私は周囲に寒いことをアピールしなかった。「寒い」と訴えることには何か他の訴えにはない甘えの響きがある。「お腹すいた」「眠い」「出掛けたい」は素直に言えたが「寒い」だけは自分が主張することじゃないように感じた。

中高と陸上部で、数ある種目のなか私は長距離走を選んだ。代謝を良くすれば冷え性など勝手に治ると思った。私の名目上の「専門」は、三千メートル走だった。

六年間続けたものの、私は一度も大会に出場できなかった。地区大会の形ばかりの参加標準記録さえ突破できなかった。私は話にならない「選手」だったのである。体育の授業でも陸上部の私より囲碁部の同級生のほうが周回差で速かった。

惨め、というより愚かだった。そんな私を見かねた顧問は別種目への転向を勧めたが、私は長距離走以外に関心がなかった。長距離走。それは蓋《けだ》し、この惑星に存在するスポーツというスポーツの中で、私みたいな体型の人が、最も向かない競技の一つだ。まさかり担いだ金太郎の逞しさを想像すれば、それはそのまま私の姿だった。

私は無様に校庭を巡る。誰かが「ウォーキング部」と揶揄したが、それはそのまんま過ぎてあまりウケなかった。なに、スピードなどは二の次だ。単純に動いている時間が長ければいい。冷え性は相変わらずだったものの、走っている間だけは何せ苦しいから寒さは身体から遠のく。走った後の十分ほどはポカポカと身体の芯から発熱する感じもある。タイムとか大会よりも、私には僅かでも寒くない身体に近づくという重大なミッションがあった。

よたよた二百メートルトラックを回りながら、私はずっと同じことを考え続けたように思う。何で私はこんなにガッチリ、ムッチリしてるのに、寒がりなんだろう。これは地球規模の難題に思われた。しかし規模の割に細々とした不便がつきまとうのが癪だ。もう秋口なのに教室の冷房が暴力的に利いている時、もし私が華奢だったら「寒いからエアコン切っていい？」くらいは主張できるのかもしれないが、現実の私はそんな台詞とは無縁だ。いかなる集団にあっても私は最も寒くなさそうな人物だったから。

大学受験を終え、久々に近所を走った私は華麗に足首を捻挫した。生来の鈍さが祟り捻り方が悪く、齢十八にして「今後、あまり負荷を掛けないよう」医者に忠告された。どこか他人事のようにレントゲンを眺めながら、私は初めて「すまない」と思った。そうか、この身体が闇雲に走るのは、足首には大変な負荷だったのか。それからは歩くようになった。が、流石に不毛になって、以前ほど熱心には取り組まなくなった。足首の捻挫は「身の丈に合わないことはするな」と諭す、天からのメッセージのようでもあった。ただむしろ走らなくなってから、何で私は寒がりなんだろうという素朴な疑問はいよいよ頭の中を駆け巡った。

＊＊＊

午後一で隔週の部内連絡会議がある。場所は六階の会議室だ。私は一段一段、踏み締めるように階段を上った。

四階の自販機でコーヒーを買い、きっかり開始時刻の三十秒前に会議室に入る。そこには既に十数名の同僚がおり、私は最も扉から近い角の座席を選んだ。この会議室では絶対に窓際には座らないようにしている。

　開始時刻の午後一時五分になると、肝心の課長が来ていないのを認め「ちょっと待とうか」と、部長は皆を見渡した。課長は時間にルーズだ。わかっちゃいたが、私は思わず鋭い舌打ちを放ち、それは周囲の人びとを無益にぎょっとさせた。そんな柄の悪い行為は褒められたものではなかったが、それでも時間厳守がデフォルトでない人間を私はどうしても許すことができない。どうして皆は怒らないのだろう。買ったばかりのコーヒーからは、美容家電のようにもうもうと湯気が上る。私の憤慨を代弁するかのように。まあ落ち着けと、私は両手で紙コップを包んだ。

　私の勤める会社には華々しさの「は」の字もない。備蓄用タンクの設計と施工を請け負う従業員数二百人規模のしがない工事業者だ。備蓄用タンクとは工場等に存在するあのデカい入れ物のことだ。形状は巨人のコップのようだったり巨人のビー玉のようだったりする。色は発注者の好みにより白だったり薄緑だったりし、断熱材が適用される場合は外装板が銀色に光る。

　五分遅れで課長が席につくと、やっと会議は始まった。当然のように遅刻した課長は悪びれもせず、むしろ威風堂々としている。課長は適度な遅刻は大物感を演出すると考えているらしい。会議に限らず「開始時刻」と名のつくものには悉く間に合わない男だった。

個人の美学を貫くのは構わないが、人を待たせないで欲しい。

部長はまず「部員の人振り」に触れた。我々は「施工部」なる部署におり、その最大の責務は現場の施工管理だ。現地組タンクの工期は平均すると一基あたり三か月だが、全国の現場で同時多発的に進行中のため、総勢五十人いる部員の約八割は本社ではなく各地の現場事務所に詰めている。近々どの現場が終わるから誰々が戻り、どの現場が始まるから誰々が行く、といった部員の出入りが皆に共有された。

湯気を見詰めていると、議題は次の「各現場の状況報告」に移った。今は大小十四の現場が動いており、数年来かなり厳しい配員状況が続いている。私は長机の裏に組もうとした膝をぶつけ、ガシャアンッ、と異様に派手な音を響かせながら、そのままそのそと脚を組んだ。短足が脚を組むにはちょっとしたコツが要る。ついでに深刻げに腕を組むと、両手を脇の下に突っ込んだ。

お次は「各応札の状況報告」だ。施工部の本社組は未来の現場を獲得すべく工事引合を行っている。オークションとは逆に競合先より安い価格を提示できれば晴れて受注となるわけだ。狭い業界ゆえ競合先の面子どころか客先の面子さえ毎回似たようなものだったが、受注することもあれば失注することもあり、打率は例年五割程度だった。私の目下の所属も本社の応札チームだ。

身震いすると、私は目玉だけで壁時計を見上げ、時刻が午後一時十五分であることを知った。終了まであと四十分もある。十月の半ばにあって、この北向きの会議室が戦場と化すことは端からわかっていたが、こうも早々に身体が冷えるとは思わなかった。一人だったら暖房をガンガンに吹かすところだが、同僚達は寒さなど微塵も感じていない様子だ。部長の話をBGMに、私は止む無しと早くも湯気の勢力を失いつつあったコーヒーを啜った。本格的に身体が冷えてくると、両手を脇の下から股座《またぐら》に挟んだ。こんな低体温でも脇と股には相対的に熱が籠っているのだ。自分の冷えを自分のなけなしの熱で紛らわすのも何とも惨めなことだった。ほどなく股座も共死にのように冷えてくると、やらぬよりはましと、今度は熱心に手のマッサージを始めた。ごりっ、ごりっ、と皮膚下の何かが物騒な音を立てる。今から喧嘩を売るように見えたのか、同僚達は私に警戒の一瞥を寄越した。

同じ末端でもまだ自由になる手はいい。真に冷えるのは下半身のほうだ。その気があれば思うさまヒートテックを重ね着できる上半身とは違い、下半身の防寒には限界がある。冷えが次の一線を越えたら私は貧乏揺すりを始めなければならないだろう。流石にこれ以上柄の悪い行為に及ぶのは憚られた。

防寒は人類最古の冷え対策の一つだが、私が鉄壁の厚着をしていたかというと、そうではなかった。私は黒のスラックスに会社のジャケットを羽織り、ジャケットの下は白のブラトップつまりタンクトップを着ていた。以上。伊達の薄着じゃないが、いつもの格好である。おまけに何の意味もなく腕捲りもしていた。私は冬場でも滅多に人前では着込まないし、況んや周囲に膝掛けやタンブラーをスタンバイさせることもない。いま私の手許にコーヒーがあるのはあくまで食後の眠気覚ましというポーズが取れるからだ。

　最後は技術チームからの報告である。同チームは最新の工事技術をタンクの施工に活かせないか模索するチームだ。他のチームとは違い金も絡まなければ締切も糞もないため言い方は悪過ぎるがまあ自由研究みたいなものだった。備蓄用タンクの全てを知るところの鈴木、御年六十八歳は、マスター・ヨーダさながらの重鎮である。近年上海で採用されたというアクロバティックな新工法の説明をおっ始めた。

　商売柄その話に興味はある。が（長くなりそうだな……）と、私は第一に思った。時刻は午後一時三十五分。参ったなあ、寒いよ。気を抜いたら歯がカチカチ鳴りそうだ。私は固く組んでいた脚を解き、遂に貧乏揺すりを始めた。雀の涙ほどの熱量にしかならないが何とかこれで凌ぐしかない。このタイミングなら会議に飽きたポーズにも取れる。片足ずつの貧乏揺すりが両足になるころ私は残りのコーヒーをゆっくり飲み干した。それは最盛期の熱気を偲ばせるようにぬるく、もう喉を焼くこともなかった。

「何か全体に連絡あるやついるか？」

　会議に終焉の兆しが差すなり私は突然顔を上げ、一同を見回した部長とうっかり目が合った。そのまま素早く同僚達に目を走らせる。おい、何も言うな……こう見えて私は寒くて死にそうだ。

「特にないようだね」

ゴールを確信した私は思わず椅子から腰を浮かせたが、それはフライングだった。何と「あ、そうだ」と、部長自らが己が問いに答えた。何たる一人芝居。私は泣く泣く椅子の人に戻った。

「そういえば全体に大事な連絡があった。最初に言うべきだったけど、来月うちの部署に新入社員が来るんだな」

私は遂に部長のボケが顕在化したかと危惧した。新入社員が来るのは四月だ。しかし冷えに一杯一杯だった私は何も言わなかった。寒がる人間に周囲を気にする余裕はないのだ。

「中途じゃなくて、新卒ですか？」

ちゃんと口を開け部長と対話したのは隣に座る大島だった。体温に満ち満ちているのだろう。

「そう、新卒の子。一昨年からうちの会社でも秋採用やってるでしょ」

秋採用だと？　自分の業務にしか関心のない私はそんな取り組みがなされていたとは知らなかった。従来の四月入社は今では「春採用」なる位置づけらしい。我らがＫタンク工業も遅まきながら時代の流れに歩調を合わせる構えらしかった。しがないタンク屋に経団連も糞もないだろうに。

「何人うちの部署に来るんですか？」

「二人」

部長はチャーチルの物真似のようにピースした。二人は十月一杯は全体研修を受け、十一月一日から施工部に配属されるという。今時こんなタンク屋に入社するのだから、大した人間ではないのだろうと私は即座に思った。少なくとも先見の明はゼロ、というよりマイナスではないか。そんな容赦ない低評価は増幅して自分に跳ね返って来るにしても。

私がじっとしていられたのは、そこまでだった。とうとう寒さに上体が震え始めたのだ。部長の言葉をスパンと遮り私は卒業生代表のように勢いよく立ち上がった。またもや不要な注目を集めながら、私はひとつ部長に黙礼すると、やたら落ち着き払った動作で会議室を辞した。直前に退出を急ぐ素振りを見せた私だ。この中座は全く不自然ではなかった。同僚達も「まあ佐藤は忙しいからな」程度に受け止めたはずだ。

左右の無人を確認すると、私は廊下のドアの前で心ゆくまで寒がった。背中に火がついたように、エアバンドさながら激しい動作に堕ちる。「さっむ」と口だけ動かしながら、無音のうちに脚を一か所でバタバタさせた。死ぬかと思った。廊下の向こうに誰かの足音が響き、私はピタリと寒がるのを止めるとせかせか自席に戻った。

三日後、私は千葉県某所の工業団地にいた。本社からだと車で一時間の距離だ。

この辺りに来ると、濃厚な海の匂いが漂う。時おり粘っこい潮風も吹き、いま自分が海の傍にいることがわかる。しかしそんなことに、私の情緒の何が動くわけでもなかった。

ことにこの状況下では一陣の風も吹いて欲しくない。風が吹くと寒いのが第一だが、今回ばかりは別の理由があった。二年前に我々の施工した球形タンクが塩害を受けていたのだ。塩害は潮風による構造物の損傷、即ち錆びることだ。その萌芽を発見した客先が今朝我々に電話を寄越し、奇しくも施工時現場にいた私は前述の「鈴木技術顧問」と共に午後一で馳せ参じた。

問題の球形タンクは直径十五メートルのちょっとしたものだ。ヘルメットの顎紐をきちんと締めた我々と客先の三人はぐるりと球を巡る階段を上った。中腹に来ると「ここですっ」と客先が鬼の首を取ったように示めし、私と鈴木はしげしげとその箇所に見入った。タンク本体の曲面と支柱が交差する溶接線だった。

なるほど、潮風を真面《まとも》に受ける海側である。風の通り道のように、溶接線の塗装が五センチばかり剝げていた。大部分は上塗りと中塗りが剝げた程度だが、局所的には下塗りも剝げ、鉄板が露出した箇所には早くも錆が生じ始めている。明るいオレンジの錆粉はやたら目につく。

私はたすき掛けにした鞄を慎重に足許に下ろし、胸ポケットからデジカメを取り出すと、ベテランの鑑識のように淡々と損傷部を撮影した。鞄の中には一方向から鋼材の厚みを測定できる機材が入っている。タンクの外壁に損傷が認められた場合、まず懸念されるのは減肉である。鈴木は早速機材を取り出し測定準備に入った。

「いやあ、たった二年なのに、御社のタンク錆びましたね」

客先が嫌味っぽく言うと、私は腹が立った。建設地が海の近傍である以上なかなか塩害をゼロにするのは難しいが、ほとんど唯一にして最大の防御策はやはり塗装だ。最初から従来の耐塩害仕様の塗料にすればよかったのである。「コストダウン」だと変更に踏み切ったのは客先のほうだった。

「いえ、このタンクの塗装仕様はDケミカルさんのご指定でした。そのためこれは弊社の責任ではありません」

「えっ、いや……それは、ええ、知ってますよ？」

客先は不自然な余裕を見せた。大根役者か。もしそうなら当日に我々を呼びつけ肉厚測定を半強制したりしない。私は部長にも言った。これはうちのせいじゃないですと。しかしDケミカルは御得意様だから、挨拶がてら行ってこいという指示になった。

「もちろん、それは知ってます。だけど御社の専門分野なんだから、そういうのは施工時に提案して欲しかったです」

私が反論したのが気に入らなかったのか、客先は語気を強めた。私は言い返そうとしたが、そのとき肉厚測定が完了し、結果減肉していないことがわかった。

「肉厚は図面と同じです。三十八・五ミリ」

鈴木はしゃがんだまま客先を仰いだ。

「どうします、他の場所も測定します？」

「あ、それには及びませんよ。他の場所だと足場が必要ですし」

鈴木は直ちに機材の電源を切った。超音波の反射で対象の肉厚を測定するそれは、平均的なサラリーマンのボーナスくらい値が張る。あっという間に測定結果が出たのも価格に見合った高性能のためだ。もっともこれしきの錆で減肉しないのは当然で、結果は火を見るより明らかだったことからすれば、何たる下請パフォーマンスか。

「サビた部分はすぐ補修したほうがいいですね」

鈴木がポケットから塗料の小冊子を取り出すと、強い潮風が吹きつけその無防備な頁を煽った。鈴木は百円ライターの火をつける時のように背を風上に向け「これを使うといい」と客先に開いた頁を見せた。

「はあ、なるほどなるほど」

鈴木が技術指南を始めると、私は黙った。電光石火で測定結果が出たのは幸いだったかもしれない。さもないと私は御得意様を相手に喧嘩の火蓋を切るところだった。何せ「提案して欲しかったです」とは言うが、現に二年前の我々はもっとシビアな塗装仕様にしたほうがいいとDケミカルにご忠言申し上げていたのだ。

「なるほどですね、いやあ、勉強になります」

「このカタログを佐藤にメールさせますから。いい塗装業者さんも紹介します」

「わざわざすみませんね。うちとしても、ぼちぼち塗装仕様を見直します」

何だ、この態度の豹変は。黙って見てりゃ、こいつ鈴木には随分腰が低い。まあ鈴木は経験値の塊みたいな人間だから、私が客先でも似たような恐れ多い態度になるのだろうが、それでも私のムカムカは募った。私は自分より低いところにある二つのヘルメットを陰湿に見詰めた。

こういう事態はしょっちゅうある。私が舐められるのは年若のせいか、性別のせいか、はたまた個人に帰する性質のせいか。そうした思いつく要因達は互いに責任逃れするように何とも分離不可能だ。いつも傘連判状《からかされんばんじょう》のような小賢しい団結力を発揮し私という人間の在り様を見えづらくする。入社した時はこういうのは最初だけかと思ったが、七年を経ても事態に変化がないならこの先も綿々と続くということだ。

客先が納得すると、私と鈴木は後片づけを始めた。私は口を閉ざしたままだったが、この頃になると静観の構えというより本格的に寒くなってきたからだ。高が十メートルでも地上とは風の吹き方が違った。

「いやあ、寒い寒い」

階段を下り始めると、勢いのついた風が三人の肩に吹きつけた。変に捻れた煩わしい風だ。鈴木は「年取ると寒さが身に染みるなあ」などと零しつつ、さっさと先を急いだ。控え目に言っても寒さの真の厳しさを知っているのは、ろくに返事もできない私のほうだった。

そのあと鈴木のリクエストで同じ工業団地の別の現場を訪ね、帰路についたのは午後五時過ぎだった。この時間の京葉道路は最悪だ。飛んで火に入る夏の虫の如く、我々の軽自動車はひたすら滞る一台となった。用事が早く済めば夕方には帰社できたが、これで週末の休日出勤は確実になった。

　前方に微動だにしないテールランプが延びる。代謝の悪い道路、あるいは糞詰まりが常態化した私の大腸のようだ。滞るものには何一つ美点を見出せない。鈴木は助手席でウトウトしていた。

　私はDケミカルに対する態度が無愛想過ぎると鈴木に窘められた後だった。同社に見放されたら立つ瀬のない我らがKタンク工業である。鈴木は商いには無関心と勝手に思い込んでいたため、そうした指摘をされたのは意外だった。

「そんないちいちカッカすると損だ。何でもいいからニコニコしてろ。お前は愛嬌を武器にしねえと」

　勿体ない、ということだろうか。私は「はい」と神妙に返事しつつ、時代錯誤なジジイ、黙れと思った。

　緩慢にアクセルペダルを上下させながら、私は予約済のホットヨガに思いを馳せていた。ハイウェイラジオを信じるなら午後八時からの「発汗スタンダード中級」にはギリギリで間に合う。冷凍したおかずがレンジでアツアツになるように、この冷え切った身体が一気に五右衛門になる様を思った。

ホットヨガに限らず私はあらゆる温活に手を出していた。起床後と就寝前の白湯を欠かさないのは当然ながら、ヘム鉄のサプリも常用しているし、冷えに効くとされる漢方や生姜やスパイスも定期購買している。風呂にも毎晩指がふやけるほど浸かる。ジム通いもすれば、如何なるタイプのカイロであれ必ず肌に直接貼るという禁忌まで犯す。が、そんな活動が少しでも功を奏していたら、私は今この車内で震えていないというわけだ。どの温活もやらないよりはましと惰性で続けているが、効果は薄いというか、なかった。最中は温まるが何をしても一時的で、忽ち元の状態に戻る。温活には幾つも種類があるが、幾つもあるということは決定打はないということだ。私にとり「体質改善」は相当に胡散臭い言葉だった。

午後一杯こんな僻地での活動を余儀なくされた身体は言うまでもなく冷え切っている。どこの風の谷だというほどあの工業団地では絶えず風が吹くのだ。本当は車内の暖房をガンガンに入れたかった。

ジャンクションを過ぎると流れは一定のスピードに乗った。私は片手運転のままじりじりアクセルを踏み込んだ。

「なあ、ちょっと小便に行きたいんだけど」

え？　いつしか鈴木は起きていた。私は正面を見ながら困惑に口が半開きになった。この期に及んで小便？　ホットヨガのことを考えると寄り道する余裕はない。

「あの、あと十五分くらい我慢できませんか」

鈴木は途中の駅前で下ろすことになっている。幾ら赤の他人とは言え尿意を我慢させるのは忍びなかったが、私はドライな対応を決め込んだ。私の通うホットヨガ教室は途中入室できない。表向きの理由は途中入室されるとインストラクターおよび生徒の集中（ダーラナー）が乱れるためだったが、実際は途中でドアを開けると室内の温度が一気に下がってしまうのだ。崇高なホットヨガも間借りしているのは雑居ビルの一室だ。普通の部屋で何台ものヒーターと加湿器を最大出力で吹かしているのだ。籠った熱が逃げるのは恐ろしく早い。

「ええ、おれ漏れそうなんだけど」

予約時間を過ぎると一回分の回数券をドブに捨てることになる。金額にすると高が二千円だが、そんなのは嫌だ。鈴木は憤慨の声を上げたが、御免。これで膀胱炎になった場合は速やかに私を告訴して欲しい。

「すみません、ちょっと、このまま行きます」

私は鈴木に窘められたことを、やはり根に持っていたのだろうか。クールに聞き流したようで、そこは全然クールじゃなかった。せめてもの情けに私は追い越し車線に移った。

本格的に日が暮れ始めると、テールランプの赤がいよいよ毒々しくなった。鈴木は不満を述べながら、高まる尿意にもぞもぞし始めた。私も気づけば寒気にもぞもぞしていた。ハンドルが意味もなく冷たい。頭上にビジネスホテルの看板が迫り「サウナつき」と大々的に宣伝した傍から一瞬で過ぎ去る。サウナもいいよな。こんな帰路には全てを忘れ、一思いに飛び込んでしまいたくもなる。

帰宅すると、電気もつけず駆け込むように服を脱いだ。制限時間つきの不倫現場、ないし早脱ぎ選手権のようだ。パンツ一丁になると玄関の鍵を締め忘れたことに気づき、逡巡の後に、たたたと施錠に駆け戻った。一刻も早く、熱いシャワーを浴びたかった。その欲望の前には最低限の防犯意識さえ揺らぐ。

シャワーの栓を捻り、暗闇のなか冷水が熱湯になるのを待つ。本来シャワーの温度調整部にはうっかり熱湯にならないよう四十度の位置に赤いストッパーがついている。この温度調整部を分解し、ストッパーの取り外しに成功したのは入居した二年前のことだ。ググりもせずに、できなかったら元に戻せばいいと臨んだらあっさりできてしまった。そのためこのシャワーはくるっと最高温度にできる。

冷水の間、素っ裸の私は片手にシャワーヘッドを持ちながら自分から限界まで遠ざけるという妙な体勢になっている。毒蛇を捕まえたから、早く籠を持って来いと言わんばかりだ。床に跳ね返った水が足首に当たり、私はあともう一センチ、腕を遠くに伸ばす。

私は寒いとき必死だ。こんなにも必死なのに、何故この身体は頑なに熱を生産しないのだろう。骨と皮ならまだしもお前はエネルギーの塊じゃないか。私の代謝機能よ。この身体を温める薪ならここに山のようにあるよ。頼むから、どうかケチらず使ってくれないか。

その瞬間が、私には正確にわかる。シャワーが熱湯になった時だ。頭でそうと認知する前に、私は間髪入れず冷え切った身体にシャワーをぶっ掛けた。火傷すれすれの熱湯が身体を伝い、ひとつ大きく身震いする。ああ、何とかこの瞬間まで持ち堪えたと、しばらく何も考えられなくなる。

季節を問わず、この帰宅直後の修行ならぬＳＭプレイのような熱湯シャワーはマストだ。どれほど運動しても、十分もすると私の身体はアホみたいに体温を失う。

一体、何故。累計十万回はした自問だ。これも恒温動物の一つの在り方なのだろうか。私の身体は自ら熱も生産しなければ与えられた熱も受け取らない意味不明の鎖国状態にある。こうした状態にどういう得があるのかは不明だ。不明というか、ないだろう。せいぜい人類が食糧危機に陥ったとき私が隣の人より三日か一週間長生きするだけだ。それより食糧危機なら電力供給も途絶えるだろうから、私は早々に一人凍え死ぬ。

熱湯に理性を取り戻すと湯張りのスイッチを押す。すかさず体温の高そうなお姉さんが「お湯張りをしますっ」と元気よく唱える。何という時代。このスイッチを押せば湯張りには十分も掛からない。他の時代に生まれていたら、この年齢まで生き永らえていないのではとさえ思う。今もなかなかシャワーが温まらないと涙が出そうになるのだ。

それから電気をつける。チビた固形石鹸でアライグマのように全身を洗い、ようやっと湯船の人となる。風呂には永遠に浸かっていたいものだ。私はしょっちゅう風呂に入るため在宅中は入浴と風呂掃除のために生を受けた気持ちになる。風呂に入り天井を見上げても、私は悠然と両腕を風呂の縁に載せるような真似はしない。下唇の際までじっと湯に浸す。

　海藻のように漂う脛毛を眺めながら、今日部長に言われたことを思い出した。私が半年前に担当した案件が晴れて受注したのだ。四基のコーンルーフ・タンク（屋根が円錐形のタンク）と二基の球形タンクを建設する我々としては大型に分類される案件である。設計は年明けに開始され、現地着工はその十か月後とちょうど今から一年後になる。部長は「まだ先のことだからわからないけど」と無難な前置きをした上で「佐藤に現場に行って貰うと思う」と、かなり前広《まえびろ》に告知した。

　工期は半年と少しだ。私は繰り返し湯の中で指を折った。折るまでもなく、赴任期間は現地の冬に直撃する。この不運ならぬ悲劇に近い状況に、私は限りなく沈んだ。

　受注したはいいが、その案件の建設地は札幌からさらに遠く離れた場所だった。部長には「わかりました」とクールに返したものの、建設地の住所は振り仮名がないと未だ正しく読めない。そうした極寒の地にあって、果たしてこの身体は持つのか。来る一年後の極上の冷えを思うと、私の身体は湯船の中で震えた。

　彼の地には一度足を運んだが、何もないところだった。Ｎ化学の所有地であることを示す境界線のロープが刃物のような冷風に煽られていただけだ。最寄りの温泉施設にも車で片道二時間を要す。ここに私が赴任したら、カイロ代だけでなけなしの月給を使い果たすことは必至だった。不謹慎だが、唯一の頼みは豪雪だった。建設地が豪雪地帯だと冬季は工事せず、雪解け時に再開という工程がしばしば組まれるのである。ところが不思議なことに彼の地は雪はあまり降らない土地だった。その反動のように底冷えが凄まじいのだ。この冷え性のために、遂に喰うための仕事にまで支障が生じかけている。

　私の長風呂は一時間に及んだ。出たら出たで即座にこれからスキーにでも行くかのように着込み、暖房をオンにし飯とする。献立は一に辛いカレー、二に辛いカレー、三に韓国料理周辺だが、そうした偏向がどれだけ体温に跳ね返っているのか甚だ怪しいと言わざるを得ない。食事は温活の中核とされるが、その心は物を食べると食事誘発性熱産生なる戒名じみた現象が発生するからだ。が、星五つの激辛カレーを食べても私は辛い辛いと苦しむだけで、汗の一つもかかない。

　腹ごしらえが済むと、テレビを見ながら足裏マッサージに励む。ニュースのトピックに「今年の冬は例年より寒い」とあった。来週は十月でありながら「十二月初旬並みの気温」になるという。ふん。こうなると何月とかいうカレンダーの区切りには何の意味も見出せなくなる。むしろ甚だミスリーディングではないか。私にとり天気予報の気温は株価に近いものがあった。上がれば嬉しい下がれば悲しい。ソースごとに微妙に数字が異なる。必要以上の頻度でチェックするが、下がったところで誰を責められるでもなく粛々と結果を受け入れるしかない。

上部を横に切断したチューブから乳液を掬い取ると、それを股座に引き寄せた足裏に塗布した。乳液は出張で宿泊したビジネスホテルのアメニティで、家に向こう三十年分くらいあった。ハンドクリームにしても歯磨き粉にしても、チューブから出なくなると私はチューブの胴を鋏で切り落とす。そうして中を覗いた時に、押しても振っても出なかった内容物が、まだ大量に残っていなかったことはないのだ。チューブという容器の構造的な限界を思わせる光景である。

反射区は信じてないが、足裏マッサージには中毒性がある。全体重を乗せ、曲げた中指の第二関節を土踏まず沿いに爪先側から踵側まで抉るように動かす。同じ動作を股座で一心に繰り返すのだから、足裏マッサージに励む私は自慰する猿のようだったに違いないが、それにしても、風呂上りというのに足裏と手先がもう猛烈に冷たい。

この世にティファールがあるのは幸いであった。白湯という名の熱湯をちびちびやりながら、残りの湯で二個の湯たんぽを満水にした。残念なことに私は下戸だ。晩酌でもできればいいのだろうが、一滴でも酒が入ると私は気持ち悪くなる。

私の住むワンルームは極めて単純というか、狭かった。窓からデカいゴールデンレトリバーが飛び込んで来たら、それで一杯になってしまう感じだ。かたや暖房の利きは滅法早く、それは大変素晴らしい。この体質である限り、どうやら私は広い部屋には住まないほうがいい。

これほどまでしても、寒さになかなか寝つけない。私は電気毛布の中で、もぞもぞ眠れない身悶えを繰り返す。一個の湯たんぽは胸に抱え、もう一個は脚の間に挟む。冷え性の夜は長い。目だけはしっかり閉じながら、じっと眠気の到来を待つ。

切ない。

よりによって、この身体が寒がっているのが情けない。

自分の呼気に僅かな熱を感じ取ると、鼻息ひとつさえ惜しい気がした。

翌週、部長に「佐藤、ちょっと」と呼び出され、私は部長の前に立った。部長と言えど平社員と同じスチール机に座り、パーテーションが何の意味もなく片面を塞いでいるだけだ。

「佐藤に教育担当になって貰いたい」

「えっ」

「新人の教育担当だよ」

新人の教育担当だと？　寝耳に水と言いたいところだったが、会議でそんな話をしていた。

「頼むよ、来週配属だから」

「わかりました」

何か腑に落ちず、半時間後に部長の前に戻った。

「何で中田には頼まないんですか」

中田は同じ施工部の同期だ。従来新人の教育担当は本社にいる入社五年目から十年目の部員が務めるが、それなら中田に限らず藤田と大島も該当する。私はこういうことに、いちいち突っかかるのだった。不公平が許せないと言うと正義漢っぽいが、要は自分が人より損するのが許せない。

「今の業務量に新人教育が加わるとキツいんですけど」

「それは皆同じだよ。でもさ、こういうのはやっぱり女の人のほうが面倒見がいいじゃん」

あまりに無防備な発言に、私は大きく振りかざすように反撃の口を開いたが、それに気づいたのか否か、部長は「実はね」と先を続けた。

「一昨年の新人二人とも辞めちゃったでしょ。その前の新人も三人中二人が辞めた。人事に怒られてんだよ、施工部は新人の定着率が悪いって」

よって「優しく、きめ細かに指導する」私に白羽の矢が立ったらしい。私が再度意見を述べようとすると「それに中田は去年やったしね」と、部長はとどめを刺すように告げた。

「えっ、そうなんですか？」

「そうだよ、お前はずっと現場だったから知らんだろう。その前は藤田だった。そうだ、これ渡しとく」

公平な持ち回りなら致し方なかった。仰々しい「マル秘」のテープが貼られたバインダーを手に、私はすごすご自席に戻った。席を立つ前に仕掛けておいた職場用のティファールが折しも沸騰している。地味に高価な漢方茶を淹れた。

バインダーの中は、何てことない、二人の履歴書だった。個人情報のため電子化したりメールの添付にするのはいかんという。何だか拍子抜けし、そんな大層な情報かいと、何とも不味い漢方茶を啜った。

上の名前を覚え、私は業務に戻った。七三分けが「上野」、スポーツ刈りが「山本」だ。自分が配属直後に振られた仕事は一体何だったか。さっぱり思い出せない。思えば私の教育担当だった上司も数年前に退職してしまった。夕方中田に相談すると「今年はお前か」と、勝ち誇ったように言われた。


翌週本当に配属されたフレッシュな二人を前に、私は「オリエンテーション」と称し、ぼちぼち部署の基礎知識を話した。

初めて三階の施工部に姿を見せた時、二人はシャツのボタンを一番上まで留め、落ち着いた色合いのネクタイを完璧に締めていたが、部長がKタンク工業のジャケットを手渡すと、二人は「ありがとうございます」とその場で袖を通し、途端に野暮ったくなった。現場勤務でなければジャケットの着用は任意だが、部長が手ずからロッカーから新品を下すもんだから、それはほとんど強制と言えた。何より部長その人が、同調圧力のように古びたジャケットを着ていた。

「お二人ともＭサイズでいいかな？」

貴方はいつからアパレル店員になったのか。ぎこちない接客は及第点ギリギリだったものの、珍しいことに今年は二人とも施工部が第一希望だったというから、これは部長なりの歓迎の意思表示だったのだろう。ちなみに私はＬサイズだ。

弊社のジャケットは罪深いほどダサかった。こうした初動ミスが離職率上昇に繋がるのだと、私は半眼になりウェルカムモード全開の部長を見遣る。プロジェクターのある南向きの別室で三人だけになると、私は「無理して着なくていいよ」と、二人に自由への扉を開いたが、二人は困ったようにはにかみながら、結局着用し続けた。確かに脱ぎづらい状況ではあった。私もこなれた感じでジャケットを着ていたのだ。

真新しいポリエステルの匂いをぷんぷんさせる二人を前に、私は一端《いっぱし》にポインターなどを駆使し、備蓄用タンクの概要を話した。二人は寺子屋のようにノートを開き、真剣に書き取りを始めるではないか。講師ぶる反面、私は中田が去年使ったパワポを流用し、事前に中身に目を通してもいなかった。

「これはコーンルーフ・タンク。うちの会社では一番施工実績が多い。内部の圧力が大気圧と同じ場合が多いから、アトモスフェリック・タンクとかＡＴＭタンクとも言う」

二人は熱心に頷きながらペンも抜かりなく動かす。そんな真剣に聞かずとも嫌でも覚えるよ。私は自分が間違ったことをしているように感じた。

「こういう形状のやつは、重油の貯蔵に適してる。屋根が液面に合わせて上下に動くやつもある」

ぽちっとキーボードの矢印を押し、次のスライドに進む。

「これは球形タンク」

一方的に喋るのもあれなので、私は二人に発言させることにした。

「この形状のメリット、わかる？」

いきなり問うと、二人ははっと目をぱちぱちさせた。水を向けたものの、私も答えを期待したわけではなかった。再びスクリーンを見ると「あの」と小さな声が上がった。上野のほうだった。

「球は同一体積に対する表面積が最小になる形状です。そのため外気の温度に影響されにくくなると思います」

私は感心した。その通りだ。

「そう。あと球だと力が均一に作用するから構造的に安定するというのもある。だから一般に高圧流体の備蓄に採用されやすい。同じ圧力なら他のタンクより薄い板厚にできるから。タンクの板厚は材料費に直結するから一ミリでも薄くしたいわけだ」

右肩下がり必至の建設業、それも弊社のようなタンク屋に来るのだから、大したやつらではないだろうと、私は端から決めつけていた。ところがその後も思いつくままぽんぽん問いを放ったが、上野はどれも見事に打ち返すではないか。ここまで正答されるとこいつ何でうちの会社に来たんだと訝りたくなるほどだ。

　山本は上野ほどには振るわなかった。後半になるとこれでは不味いと思ったのか活発に口を開き、珍解答を連発した。正解したのは「今の社長の名前、知ってる？」の一問だけだったことに見るからに気落ちしている。何だか悪いことをした気になった。

　しかしこんな場での正答率など私は全く気にしないし、評価も糞もない。ここで正解した上野が偉く賢いわけではないし、誤答した山本が駄目で馬鹿なわけでもない。企業研究とか業界研究は私もなおざりなほうだった。結局のところ、会社に貢献する人間か否かは十年くらい勤めないと見えてこない。否、何十年勤め上げたとて、お前自身が、最終的に自分の仕事をどう評価するかだ。だから山本よ。そんなに悔しがる必要はない。こんな気まぐれクイズ大会より施工管理をしていると必ず遭遇する修羅場に学ぶところのほうが、何百倍も大きいのだから。

　配属直後の私はもっとしょうもないやつだった。似たようなオリエンテーションの場があったはずだが私は記憶すらしていない。質問されてもポカンとするだけだったのだろう。だからもはや敬語を使いたくなるほど知識豊富な上野にしても、私のような先輩社員の心証を気にする山本にしても、私には珍獣に見えた。二人と私に相違があるとすれば、私は所謂ゆとり世代のド真ん中だった。当時の教科書はパンフレットのように薄っぺらだったが、この二人の世代になると元の厚さに戻り、人間の中身も一端に戻ったのかもしれない。

最後のスライドに到達すると、私はどっと疲れた。ひとまず喋るべきことは喋ったようだが……こんなところでいいのだろうか。なおも教育担当の実感が湧かないどころか私は自分がペテン師にでもなったような気がした。

一方、私は安堵していた。私は何とか二人に寒がる素振りを見せず、この無駄に三十五枚もあったパワポをつつがなく終えた。早く自席で夕方の生姜茶を飲もう。こうして配属デイワンは無事に幕を閉じた。


二人に最初に振ったのは、下請の見積を合算する作業だった。備蓄用タンクを建てるには、材料屋、加工屋、運搬屋、足場屋、組立屋、塗装屋、保温屋、検査屋、産廃屋等の、十余りの下請を動員することになる。ざっくり言うなら工事費の算出はまず下請の見積を合算することから始まる。

私は下請から受領した見積書の電子データを二人に転送した。量が量だし「はじめてのおつかい」ならぬ「はじめての業務」だから、二日か三日はこれに掛かり切りになるだろう。

こうした見積書は、もっぱらＰＤＦで送付される。気の利く業者だとこちらが集計するのを知っているから非公式でエクセルの元データも一緒に送付してくれる。が、そうした業者は稀で、我々としてもなかなか元データを寄越せとは言えない。およそ見積書は複数の押印ないし社印が押されて初めて有効になる慣習だから、元データを不用意にばら撒きたくないのは至極当然なのだ。ＰＤＦの見積書にはマニュアルの判子が朱色の画像データとしてスキャンされている。

いやあ、古いねえ建設業。今や電子承認は普通なのに、大手ゼネコンならいざ知らず、弊社のような芋虫カンパニー以下は一度も使ったことないよ。我々はデジタル庁や規制改革担当大臣の最大の宿敵として、延々と判子を押し続けるに違いない。見積書に限らず現場の週間工程表等にも十数名からなる何某の判子がポップな水玉模様の如く乱れ打ちされるのだ。

私が転送したのはそうした画像データとしての見積書だった。二人の出方を試したのではなく、私が単に事前に説明すべき点を失念したのだ。私は「今から転送する見積書を所定のエクセルに落とし、項目ごとに振り分けた上で合算して欲しい」とだけ頼んだ。

上野はＰＤＦをエクセルに変換する方法を知っており、それを可能にするアドビ・アクロバットが会社支給のＰＣに初期設定でインストールされていないことに気づいた。何だ、これはデフォルトだと入っていないのか。ＰＣを管轄するＩＴ部の仕事に内心ブーイングしつつ、私はダウンロードしていい旨を伝えた。

山本は見積書の数値をエクセルに手打ちするところだった。数行の総括だけなら手打ちのほうが早いかもしれないが、三十頁以上にわたる明細だと手打ちは非効率かつ転記ミスする恐れがある。私はＰＤＦをエクセルに変換する方法を教えた。上野同様まずはダウンロードだ。

上野は早くも変換を終えたものの、元のＰＤＦの画素数が粗かった上に若干斜めにスキャンされていたため八割は文字化けしてしまった。こうした場合は枠を水平に正した後に画素数を調整し、それからフォントの設定を少々いじる必要がある。流石の上野もここまで地味な操作は知らなかったようだ。

山本はダウンロードした後の展開がわからず私は横から操作方法を説明した。担当者によってはここで「ちょっとは自分でパソコンのこと勉強しろよ」くらいの小言は零すのかもしれないが、私も配属直後は似たような状況だったことを思い出すと何も言えなかった。とは言えＰＣの基本操作などは箸の使い方とか鉛筆の持ち方と同じだ。それ自体は手段に過ぎない。

一時間後、何とか二人の作業が軌道に乗ると、ジジジジジッ、と部署の電話が鳴った。そうだ、電話番も教えなければならない。スマホにしろガラケーにしろ、弊社が固定電話から脱するのは私が定年退職する頃だろう。それまで会社が生き残っていればだが。

「見ててっ」

いきなり二人に言うと、私は外線の取り方を実演した。二人が凝視するなか私は自分が売れないコント芸人になったのかと思った。施工部には五台固定電話があるが、ピック機能を使えばどの外線でも取れる。先方はしょっちゅう一緒に仕事するA鉄鋼で、そのまま大島に繋いだ。受話器を置きながら、次から二人が出るよう伝える。こういうのは場数だ。何はともあれ第一声に「いつもお世話になっております」と言えば問題ない。

業務に電話番が加わり汚名返上と張り切ったのか、山本は積極的に受話器を取った。一応「三コール以内に取る」という部署の緩いルールはあったものの、こやつどれも〇・二コールで取るではないか。最初の受け答えは滅茶苦茶だったが三本目になると早くも様になってきた。かたや山本が競技かるた並みの瞬発力を発揮するために、これでは上野が経験値を積めない状況かに見えた。

が、どうやら上野は元より電話番には熱が入らないらしかった。たまたま山本がトイレに立ったとき外線があり、それを上野は二・八コールで取った。わざとそうしているわけではないだろうが、必ずしも乗り気じゃない態度が滲み出る。私の乏しい人生経験から察するに、恐らく上野は電話番などやりたくないのだ。俺はコールセンターで働いてるんじゃない。そんな選民意識が感じられた。まあ同じタンク屋にいる時点で選民も糞もないのだが、そんな風に感じるのは私自身も毎回同じような気持ちで電話を取っているからだ。

「なんか、すごい呼び出し音ですね」

終業間際に山本は言った。もっともな感想である。施工部では意図的に警報のような呼び出し音が設定されている。施工部が取る外線の大半は下請からだが極稀に事故発生の一報が現場から入る場合がある。工事中の労働災害だ。そうした時は組織の連絡網として真っ先に本社に連絡されなければならないし、本社としても電話取れませんでしたという間抜けは許されない。令和らしからぬ古風な気構えだが、建設業なら斯くあるべしだろう。

そうした電話を私も取ったことがあった。然る現場で組立中の足場が崩落し作業員二名が負傷したのだ。労働災害が発生したら速やかに労働基準監督署に届け出なければならない。この事後処理が一大業務なのだ。負傷者の治療その他は当然ながら、現場検証の後には客先向けの説明会を実施し再発防止策の承認を得なければならない。ここに可及的速やかな対応が求められるのは、多くの場合、その間現場が止まるからだ。それは工事業者にとり手《て》待《ま》ち費用が刻一刻と嵩むことを意味する。加え備蓄用タンクの工事には宿命的に後続の工事業者が控えている。契約の引き渡し日に間に合わなければ遅延金を請求される所以にもなる。もちろん安全第一、無事故無災害を掲げるのは人命のために他ならないが、それだけでは済まされない側面があるのもまた事実だった。万が一事故が発生したら一日も早い現場再開に全力を上げる。

だから、上野よ。長くなったが電話番はものすごく大事な仕事だ。場合によってはこんな見積金額の足し算より必要とされることなのだ。張り切っている山本はいいが、この電話番の意義は上野に説明したほうがいいかと考えた。しかし、結局私は何も言わなかった。何しろああだこうだと私は終日説明しまくっていた。マニュアル的な業務指導ならまだしもこうした精神論を説くのはかったるい。こういう気の進まなさは、この件に限った話ではなかった。

二人の相手をしているとあっという間に勤務時間は過ぎ、私の仕事は半分も終わっていなかった。午後五時半になると「お先に失礼します」と二人は真面目に帰った。半年の試用期間中は残業不可なのだ。

疲れた。一人になると、私はしばし宙を見詰める彫刻になった。人を育てるとは斯くも手間を要することだったのか。全く下に人がつくと成長するとはよく言ったものだ。私は教育担当など引き受けるんじゃなかったと思った。

もし二人が衝撃的に生意気だったり全く手に負えなかったり矯正不可の曲者だったりしたら、あるいは匙を投げることも許されたかもしれない。幸か不幸か、二人は良い子だった。翌日以降も始業の十五分前にはきちんと席にいるし、Ｚ世代は割愛しがちの挨拶も君らは楽屋回りする売り出し中の漫才コンビかというほどしっかりする。ＰＣに向かう背筋もピンと伸びて、欠伸どころか眠たげな素振りもない。最初は誰しもこんなもんだろうか。文句の言えない新人達だった。

ぼちぼち自分の仕事を始めると、ぶるっと震えほとんど一日振りに寒いと縮こまった。終日漢方茶を淹れる余裕すらなかった。ひたすら喋っていたせいか、いつもほど寒さと闘わなかった気がする。普段無口な人間からすると発声はスポーツに等しい。ティファールを満水にすべく、片手を机につきながら席を立った。

二週間後、私は初めて二人を下請との打ち合わせの場に同席させた。名刺交換で声が裏返る二人はいかにも初々しかった。

そのあと私は「下請」と言っては駄目だと二人に指摘した。山本が「下請は……」と、打ち合わせの終盤で謎に出しゃばったのだ。今更だが昨今は「下請」とか「サブコン」と言うのは御法度で「協力会社」ないし「パートナー」と言わなければならない。

実際は先方の「協力会社」様も「下請」と呼ばれたところで何とも思わないのは間違いないし、我々にしても元請に「下請」と呼ばれたところで不快でも何でもない。むしろ従来式に「下請」「孫請」と表現したほうが、私の世代でも話が通じやすかったりする。と、そうした消化不良はあったものの、一応注意すると「次からは気をつけます」と山本は口を一文字にした。

もちろん山本の言葉遣いは、そのまま私のそれだった。二人の前で私自身が「下請」とアクセル全開で言っていたのだ。だからこれは、事前に二人に注意しておかなかった私の非だった……うん、確かに私の非だ。山本を責める気持ちは本当に一ミリもない。だが（うわ、めんどくさ）と、私が辟易したのもまた事実だった。余程のきめ細かさを発揮しなければ万全の指導などできない。こうした「きめ細かさ」が私に期待されるところなのだろうが、それが日に日に重荷になってくる。

午後、私は二人にタンクの詳細図面と材料表を渡し、互いに過不足ないか調べるという最も骨の折れる作業を依頼した。どの図面からどう見たらいいか、効率のいい順番を教えた。見積書とは違いボルト一本、ナット一個、ガスケット一枚から集計する材料表は何百行とある。ショートカットキーの出番を教え、スマートな操作の重要性を説く。ＰＣには比較的強い上野もこうした社会人のショートカットキーには馴染みが薄いらしかった。

巷のありふれたショートカットを実演する最中、私は強い拒絶感を覚え、こうした業務遂行上のコツを、二人に教えるのを嫌がっている自分に気づいた。脳裏に浮かんだのは七年前の自分がエクセルの指南書を開き、同じショートカットをしこしこ習得した光景だ。その年は工場の建て替えやら定期修理が忙しく、入社年度の近い部員は皆多忙を極め、こんなエクセルの小技など誰も私に教えてくれなかった。否、多忙如何もあったのだろうが、本当は誰も進んで私に教えようとはしなかったのだ。左様、紅くない紅一点である。そういうのは扱いに困る。しかし私が信号のようにわかりやすい紅だったら状況は百八十度違っていたかもしれず、私のほうも「教えて下さい」とか滅多に言わなかったから、これは自業自得の側面が大きい。

ブックオフで買ったエクセルの本は分厚く、常に両側を手で押さえないと頁を見開けない不便があった。私はより重たい二冊の工業規格を左右の文鎮にし、淡々と小技の習得に励んだ。そうした自学自習はエクセルに限った話ではなかったが、決して真面目とか仕事熱心だったわけではなく、そうしないと単に生き残れない気がした。同期の中田は配属直後から先輩社員と仲良くなり、飲み会だテニスだ釣りだキャンプだスノボだと公私内外の交流を重ね、既に私の知らないことをたくさん知っているようだった。

こんな私とて七年も糞真面目に労働しておれば、ググれば誰でもわかるショートカットキーよりは有用なコツを幾つも持っている。鋼材の曲率を素早く計算する方法とか、タンク一基の重量を概算する方法とか、ユニック一台を一月レンタルすると幾らとか、あの地域だと鳶工の人工単価は幾らとか。さらに言うなら客先ごとの注意事項、下請ごとの見積の癖、同じ工事費でも社内稟議を突破しやすくする見せ方その他、冷静に考えたら私は実に色んなことを知っていた。そして、そうした色んなことは、いちいち明文化されていないことが多かった。つまり属人化している。だからこそ価値が生じるのだとも言えた。

　私は何事もなかったかのように説明を続けた。しかし一度気づいてしまうと、こんな「コントロール＋シフト＋矢印」さえ私の知的財産だと感じる。マイクロソフトに失笑されそうだが、こうした自称知的財産を無償でべらべら吐き出すことに、強い違和感が込み上げる。こんな些細なことに、この違和感かよ。ならば私は他の一体何を教えられるのだろう。

　まだショートカットのような調べればわかる知識だったらいい。私には経験に基づく知識を出し渋る傾向があった。先の見積の合算時にも、そうしたことがあった。見積書の明細には業界用語がちりばめられている。同じものでも業者によって独自の呼び方をしたり地域差があったり存外統一された呼び方がない。例えばタンクはコンクリートの基礎の上に設置されることが多いが、その事前準備として基礎の表面を「目粗し」することがある。表面積を増やし、グラウトの定着を良好にするためだ。この「目粗し」には「チッピング」「ビシャン」「サンダー」等の複数の呼び方がある。こうした語彙は検索してもなかなか明らかにならないところが厄介なのだ。

　二人は「目粗し」と「チッピング」を別項目に振り分けた。異なる作業と認識したわけだ。そのとき私は二人に指摘してもよかった。というか新人担当として当然そうすべきだった。が、私は二人の集計表を、ちょちょいと自分で直しただけだった。だって二人とも別に訊いてこなかったし、どうせ私が教えずとも誰かが親切に教えるだろう。私はこうした血の通った知識を二人に授けたくなかった。何か、勿体ない気がして。

　その日、私が退社したのは午後九時過ぎだった。帰りにスーパーに寄った。スーパーは寒いから子供の頃から苦手だ。生鮮食料品のコーナーは特に忌諱しているが、肉も魚も野菜も食べるため遠くから目星をつけさっと通りすがりにかっさらう。会社では薄着で通す私も乗り換えの駅で登山用のワシャワシャの防寒着を羽織る。首を竦めながら、足早にブロッコリーと人参を籠に投じた。

　今日はレジの列が短いと思ったら、サッカー台の上にある時計の針が、午後十時になろうとしていた。いつもより少々ハードな一日だったわけだ。教育担当に全く遣り甲斐を見出せない。これだったら新規案件を三つ同時に押しつけられたほうがまだましだったかもしれない。

　二人が配属されてからというもの、私は一度として二人を叱っていない。これからもそういうことはないだろう。私は二人の育成に関心がないのだ。上野が電話番を山本に任せっぱなしにしても、山本が前に教えたことを何度忘れても、私は何とも思わない。広い心、なわけなく、とにかく無関心なのだ。

　こういうのは女の人のほうが面倒見がいい。部長はそんなことを言った気がする。しかし私は聖母ではなかった。聖母でも聖人君子でもなかった。こう感じるのは、あるいは自分の性別のせいだろうかと考えた。シーラカンス的な職場だ。五年後はないだろうが、十年後、十五年後になると、二人は間違いなく私より偉くなり、より多くの給料を貰うようになる。女が偉くなる会社ではないのだ。

　そんな近未来を見せつけられながら、何故私が二人に仕事の遣り方を教えなければならないのか。今際の際まで平社員の私にとり、仕事の遣り方は大袈裟に言えば生きるための武器だ。私は二人の十年後などどうでもいい。それより自分が無事に月給を稼ぐことのほうが遥かに重要だ。もし私をお母さん役に据えようとしたのなら、それは実に残念なことだ。こんなに冴えない人間だがそれでも私は自分が一番可愛い。湯船の中で、固い体育座りになった。スーパーで買ったものは脱衣所の床に置いたままだ。

　指がふやける頃になると、私はこの業務に自分より不適な人間はいないと確信した。未来のおっさんは現行のおっさんが育成すればいい。明朝部長に可及的速やかな交代を申し出よう。その交代する部員の業務を一部私が肩代わりしてもいい。

　あまりの長湯に湯は冷めつつあり、もう上がったほうがよかった。湯船から出るなり素早く脱衣所のタオルを引き寄せる。風呂場の湯気が、活路を見出したように短い廊下へ流れ去る。せっせと身体を拭く傍から急速に身体が冷えていく。

　私は、何て薄情なんだろう。こういうのを冷血というのか。馬のように、ひとつ身震いした。私とて、できることなら温かい人間になりたい。


　翌朝は大変なことになり、急遽年休を取得することになった。給湯器が故障したのだ。起床すると、まともに目も開いていないにもかかわらず、ウミガメの赤ちゃんが海を目指すように、私は一心に風呂場へ直行する。そうして気つけの熱湯シャワーを浴びるのが、戒律さながらの日課だった。その日の朝シャワーから出る水はいつまでも冷水だった。

　熱湯を浴びることを前提に私は素っ裸になったわけである。その前提が覆ると私の体温はヤバかった。震えながら服を着直すと、死ぬと思いながら午前六時前の玄関を出、屋外の給湯器を調べた。言葉を失った。十一月下旬の木枯らしが容赦なく首の後ろに吹きつける。木枯らしなど発音するだに寒い。

　ラジオ体操に向かう管理人を拉致すると、私は非常事態を訴えた。管理人は給湯器メーカーの電話番号を教えてくれた。二十四時間対応だからと言われ、嘘だろと訝ったが電話すると本当に十五分後に来た。

「あちゃあ。これはちょうど製造中止になった部品ですね」

　修理工は遣り手の営業マンのようだった。はきはき喋り口角が上がり歯並びが完璧である。八つ当たりされることに慣れているのだろう。しかし私が意気消沈というか、今から自殺しますみたいな雰囲気だったことに、修理工は肩透かしを喰ったようだった。事実、給湯器の絶命を知った私は途方に暮れていた。

「えっ、その部品がないと直らないんですか？　新品の給湯器に交換できますか？　新品は幾らですか？　幾らでも構いません」

今日中に直れば。私が捲し立てると修理工はドン引きしたが「最近は冷え込んできましたからね……」と、表面上は理解を示し、支店に電話した。

「部品の交換ですと、修理費込みで六千円です。特注品になりますので、修理は一週間後になります。給湯器本体の交換ですと、回収費と取付費込みで七万八千円です。本日の午後一でできます」

斯くして予定外の年休取得となった。取付には住人の立会いが必要なのだ。年休など一体何年振りだろう。始業十五分前になると、私は謎に照れる心地で部署の電話を鳴らした。

電話に出たのは山本だった。何だ、電話越しだともう一端じゃないか。流石に給湯器云々は憚られたので「家庭の事情」などと誤魔化した。部長と課長によろしくと結ぶ。二人とも仰天するだろう。

一分後に山本から折り返し電話があった。部長は外勤、課長は出張中だという。そうだった、課長は二週間前から工事の遅れに遅れた現場に張りついているのだった。ちんまりしたコーンルーフを二基建てるだけの現場だが、鋼材の発注先が直前に倒産したのだ。鋼材は辛くも定価の三割増しで別業者に発注されたものの、納期は四週間遅れとなり、現地組立は初日から二交代のフル稼動を余儀なくされている。私は普段から課長を空気っぽく見做していたため、すっかり忘れていた。

「どうしましょう、僕から電話しましょうか？」

「いや、だったら月曜に事後承認でいいや。部長のほうは突然の外勤？」

「そうです、今日はW工務店の本社に行くそうです。直帰です」

修理工がなおも玄関のドアを開けっ放しにするため、私は苛々が募った。足湯を閃き直ちにティファールを満水にした。このままでは私の体温は生ける屍だ。

「それにしても、何で突然壊れたんですかね。寿命でしょうか」

「いや、設置は三年前ですので……」

酷使が、故障の原因らしい。過労死ということか。

修理工は一旦支店に帰った。私は足湯に唸りながらメールを開き、そうだ、今日は年休だから仕事しないのだと気づく。午前一杯をカプセルホテルのサウナで過ごした。

翌週の幕開けは、課長退職の一報だった。

「えっ、課長辞めるんですか？」

「しっ」

藤田はスパイのつもりなのか、深刻げに眉を寄せると人差し指を鼻先に立て、周囲を見渡す鋭い目つきになった。何かもうこちらが恥ずかしくなり失笑すらできない。藤田はとかく情報通ぶって困る。しかし藤田が知ってるならもう情報統制も糞もなく、私が知るのも時間の問題だったはずだ。いま張りついてる現場で課長は最後だという。

時間にルーズな課長だった。仕事振りもぱっとせず、課長になったのも成り手不足とタイミングに過ぎない。そんな課長が退職しても、今や日本に再就職先はないだろう。

課長はしかし、随分前から退職を考えていたようである。親の介護のためだ。そうなると私もしゅんとせざるを得なかった。考えてみれば、あの火の噴いた現場への張りつきは、実務よか客先へ誠意を見せるための人質という側面が強かったが、そうした人質業務はいつもなら打たれ強さ的に部長の役目だった。今回は課長と知った時は意外に思ったものだ。退職を前に、もう幾ら客先に苛め抜かれようと構わなかったわけだ。

「あの二人、ちょっと借りるから」

珍しく話し掛けてきたと思ったら、これが藤田の用件だった。

午後三時過ぎ、藤田は二人に「ちょっと顔貸しな」的に目配せすると、やおら忍者のように廊下に出た。二人はやはり忍者のように続き、十分後に戻ると相談事を始め、二十分後にがしゃんがしゃんとプリンターを使った。この音はカラー印刷ではないか。固定費削減のため余程のことがなければ白黒にしろと言ったのに。しかし私は何も言わなかった。二人は退職する課長への寄せ書き作成を命じられたのだ。余程のこと、であろう。

幾ら新人とは言え詰まんねえことさせんなあと呆れながら、私はほっとしていた。二人が暇にならないよう能力に見合う業務を探し与え続けるのに疲れたのだ。何にせよ藤田が二人を使うのはウェルカムだった。

二人は熱々のコピー用紙を持ってくると、鋏を取り出し切断作業に入った。この手の平大に切った紙片にメッセージを書いて貰い、それをスクラップブック的に一冊にまとめ、その表紙に「高橋さん、長い間、本当にありがとうございました」とか何とかポスカで認《したた》める。それを「高橋さん」の最終出社日に渡せば皆サン超ハッピーというわけだ。

この作業は私も何遍もやらされたが、尋常じゃない手間だ。本社にいる部員はともかく現場にいる部員にはこの御時世に郵送の遣り取りを敢行するのだ。丸の内とか六本木にある会社ならそもそも肉筆にはこだわらないだろうし、こだわるにしてもスキャンやスマホを駆使すれば幾らでも手書きの文字は届けられるというものだ。しかしそう藤田に指示されたのだろう、二人は従来の方法に倣った。いい機会だから、ここは私が「もう郵送は止めましょう」と改革の声を上げてもよかったが、やはり私は静観の構えだった。

必要な紙片は五十枚と少しだ。二人は黙々と鋏を動かすものの、表情がどこか心ここにあらずに見える。エリート意識の上野はともかく山本も何だか白けているではないか。何でこんなことやらされるんだ。そんなZ世代の声が聞こえる。私も若手の時に同じ不満を抱いた。それがサビ残だったりすると、きまってこう思ったものだ。こんな会社すぐに辞めてやると。

二人に過去の自分を重ねると、私は目前の作業に集中できなくなった。二人に早速辞められたらどうしよう。私はそう思った。今どき転職など簡単だ。私は二人にスピード退職されたら困ると思った。組織のため、ではなく自己保身で、もし二人が来月にでも揃って退職したら、これはもう私が苛め倒したようにしか見えないじゃないか。

観念すると、私は鋏を手にし、二人の作業に加わった。要は早く終わればいいんだろ？この意外過ぎる助太刀に、二人は「あっ、ありがとうございます」と、めっちゃ驚く。紙を手に取り私は愕然とした。闇雲に凝ったデザインがチョイスされている。色んな魚を横から見た図案で、これは藤田から課長の釣りバカ日誌っぷりを入れ知恵されたに違いなかった。こんなの普通の長方形なら瞬殺なのに。私は寿司屋にいる気分になりながら、無益に緻密な輪郭に刃を泳がせた。一分後には見事に切り取った一匹のヒラメっぽい魚を机の真ん中に置いた。

藤田は私にぎょっとし、私は気づかない振りに徹した。こういうことを、普段の私は絶対にしない。こういうこととはつまり業務外の雑務だ。

世には旧弊な職場がある。ボーッとしているとコピーしろとかスキャンしろとか、外線はまず女の声が出たほうがいいとか、率先して電気をつけろとか消せとか、皆のマグカップを洗えとか、俺のジャケットをハンガーに吊るせとか、女は「きめ細かい」からスクラップブックを作る達人だとか、そうした日本珍百景は、残念なことにこの職場では至って普通なのだ。しかし流石に時代は令和だから、主張すれば一応こちらが正義たり得る。だから大事なのは、あくまでボーッとしないことだ。

入社一年目の時、同期の中田には一切コピーを頼まないのに、私にだけ集中的にコピーさせる上司がおり、私はある日とうとう上司に噛みついた。と言っても「中田にも振って下さいよ」とボソボソ頼んだだけだが、結果その上司は私を見ると顔を背けるようになり、それ以後は一切の遣り取りを受けつけなくなり、私は何かヤバいやつという扱いになり、この狭い職場で元気なアメンボの如く浮いた。それからというものいい意味でも悪い意味でも、私は業務外の雑務とは無縁の人（即ち腫れ物）といったポジションを得た。

と、そんな私が去勢された闘牛のように、ちょきちょきというわけだ。藤田が魂消《たまげ》るのもわかる。私はこの作業を一刻も早く終わらせたかった。

「藤田さんに、時間がないから今日中に郵便局に行けと言われました」

最寄りの郵便局は午後五時で受付終了だ。私は山本の切羽詰まった表情を初めて見た。早速藤田を兄貴分と仰いでいるのだろう。配属初日だけは例外だったものの、指示者が私だとこれほど山本は懸命にならない。

「封筒は窓側のロッカーにある。返信用の分もね」

「あっ、切手」

上野の「あっ」に、うっかり本人と目が合ってしまう。そうだ、切手は部署に備蓄がない。いつもは事前にカンパを募るが二人はいきなり言われたのだった。カンパの金は切手代と、何か気持ちばかりの餞別の品に使われることになる。課長の場合は藤田だとルアーとか言い出しそうだが、逆に好みがうるさそうだからヒラメのキーホルダーとかでいいんじゃないか。

既に午後四時だった。宛名書きを考慮すると、今から呑気に集金に回る時間はない。おい藤田。私は二人の兄貴分を振り返った。お前の情報収集がバカ遅かったから、こちとら手元不如意なんだけど。藤田は席を外していた。何と悪運のいいやつ。状況を理解すると、私は絶句した。

気まずい沈黙が、三人の間に落ちる。返信用の分もだと、速達を二十八通分か。私に他の選択肢はなかった。私は操り人形になると、財布から取り出した一万円札を、すっと二人の前に差し出した。山本が神器のように札を受け取ると、私は魚の作業に戻った。

これには……言葉もなかった。私の大切な一万円が、あたかもティッシュを引き抜いたように儚く財布から消えた。通常の私ならこんな真似は絶対に有り得ない。私は生来の倹約家、否、吝嗇《りんしょく》家なのだ。金を使うのが大嫌いだった。当然こうした「全体のための出費」にはビタ一文払いたくない。ことにあの課長のためなら尚更。

魚はそれから十分後に終わった。私は半ば放心の態で、ひたすら一万円のことを考え続けた。今からカンパを募っても時既に遅し。せいぜい藤田と折半するのがオチだろう。二人が駆け足で郵便局に向かうと私は自席に戻り、両手で顔全体を覆った。何で私はこんなことに巻き込まれてしまったのだろう。やっぱり二人に手を貸すんじゃなかった。己が失策からなおも立ち直れない。

　その晩、私は人生初の体験をした。

　夜半に目を覚ますとはっと上体を起こした。布団と湯たんぽがフローリングに投げ出されている。びっくりしたのは夢を見ていたからだ。火炙りにされる夢だ。時計を見ると、午前一時半だった。

　足に着火された瞬間を思い出すと、何てグロい夢なんだと私は肩を落とした。夢でよかった。しかし、そんな夢の光景は瞬く間に遠ざかった。私は汗びっしょりだったのだ。まさか、これが暑くて寝苦しいということなのか？

　拳を作ってみると、指の腹が、どれも燃えるように熱い。

　信じられない。

　恐る恐る立ち上がると、何ともなかった。パンツとTシャツ姿になり冬場の冷たい水道水を飲んだ。手の平のコップの冷えを、身体が気持ちいいと感じる。その激変はむしろ気持ち悪かった。

　救急車を呼ぼうと思った。が、それにしてはピンピンしているためそれは流石に控えた。ただの風邪かもしれないが、風邪を引いたことがないため家に体温計なる洒落たものはない。冷えは万病の元とされる割に、私は自分でもウケるほど健康そのものだった。とりあえずコンビニに行き、体温計を買うことにした。

　ダウンを着ようとすると、腕の汗がナイロンの裏地に貼りつき着づらい。マフラーも手袋も着用する気になれず、私は戦々恐々と、Tシャツに短パン姿で素足にスニーカーをつっかけた。まもなく十二月にならんとする深夜の玄関から、私はそんな裸同然の薄着で屋外に身を投じた。全然寒くなかった。ホイッスルのような夜風が汗ばんだ素肌を爽快に冷やす。体温は三十六・八度だった。体温計の箱の記載によると、日本人の平熱じゃないか。従来私の平熱は三十五度に満たない。私は体温計を五度見した。かつてなく驚愕し、そして、同じだけ不安になった。いっそ風邪の症状があればいいが、むしろ私は普段より元気だった。

　一緒に買ったスーパーカップを食べながら、今後の出方を講じる。このいつにない高体温は、いかにもヤバい病の初期症状に思われる。私は考えた末に、午前六時まで様子を見、容体が悪化したらバスで病院に向かおうと決めた。もし大丈夫そうだったらいつも通り出社しよう。

　私はいつも通り出社した。

　朝の熱湯シャワーをスキップしたにもかかわらず、身体が生まれ変わったようにポカポカする。何だ、この身構えずに動ける感じは。いちいち気負わずに行動できる感じは。どれほど昨晩までの自分に、無意識の力が入っていたのかが知れた。椅子の背凭れに寄り掛かり、慎重に脱力してみた。だらんと寒くなかった。二時間ほどしか寝ていなかったため、自然な眠気も訪れた。

まさか地道な温活が功を奏し、いきなり体質改善が叶ったのか。そんな考えも浮かんだが、ここに来ると原因は何でもよかった。私はこの「新世界」と表してもいい高体温についていくのに一杯一杯だった。というか皆サンこんなに身体が温かいのか。こんなに空気が肌に優しいのか。こんなに世界に丸ごと歓迎されているのか。私にはただただ衝撃の快適さだった。それは同時に愕然でもあった。昨日までの低体温が、いかに自分を惨めにしていたのかが知れた。

手を頭の後ろで組む体勢になると「ん？」となり、脇の下を覗き見た。汗の染みがおねしょのように濃い。直ちに腕を下げた。まさか、これが脇の下が汗臭いということなのか……？

午後になると、体温は元に戻った。

一体何だったというのか。

謎の病が、早くも完治したのか。原因不明過ぎたが、それでも会社員の時間が止まるわけではない。私は「？」となりながら働き、ホットヨガに寄り、帰り、長湯し、それから布団に入った。

例の如く、冷えになかなか寝つけない。明朝の気温は氷点下になるという。蛹のように身体を丸めると、腹の湯たんぽと股のそれが互いにカツンとぶつかった。いつもより寒さが悲しみに直結するようだ。こんなことなら世間の平熱など知らなければよかった。どうすることもできず、固く目を閉じた。

月末は課長の最終出社日だった。

こうした場合、施工部では十五分程度の送別会を催す。部長の挨拶、退職者の挨拶、もろもろ贈呈、記念撮影、以上のあっさりしたものだが、今回の退職者は一応肩書アリのビッグのためか、当日の部長はいつにないスーツ姿だった。普段のジャケット姿からすると、あたかも退職する本人のような違和感である。

藤田から「送別会は午後四時開始」と皆に周知された。ならば課長が現れるのは午後四時十分と私は確信した。

そのあと部長に呼び出された。

「今日さ、四時から高橋さんのやつあるじゃん」

「はい」

「これさ、佐藤から渡してくんないかな？」

部長は寄せ書きと餞別を私に渡そうとした。薔薇の花束もあるという。やり過ぎだろと白けたが、肩書には私が認識する以上の意味があるのだった。

「嫌です。上野と山本が渡せばいいじゃないですか。二人が準備したものですから」

「そう言うなよ。高橋さんは二人のことはほとんど知らないんだよ？　知らないやつから貰っても嬉しくないだろ？」

部長は万引きした生徒を諭すように説く。じゃあお前は知らない人から一億円貰うより私から十円貰ったほうが嬉しいというのか？　私は部長の小学生的物言いにムカついたが、部長からすればこんなしょうもないことにこだわる私のほうが小学生なのだろう。

「私から貰っても課長は嬉しくないと思いますよ。私は態度が悪かったんで。じゃあ藤田さんが渡せばいいじゃないですか。藤田さんは課長と仲良かったし」

「いやいや、こういう贈り物とか花はね、やっぱり女の人の手で渡したほうが……」

ひと悶着の末に、私は部長の要求を呑んだ。ある交換条件が閃いたのだ。

「じゃあその代わり、私を教育担当から外して貰えませんか？」

「え？」

部長は怯んだ。

「何だ、突然どうした」

「実は突然じゃないです。前にも言おうとしたんですけど、時機を逸しました」

「二人に不満でもあるのか」

「いえ、二人の問題ではなくて、私自身が世話好きじゃないというか、向いてないんですよ」

「えええっ？」

部長は私の告げた衝撃の事実に絶句してしまった。私は黙って部長の回答を待った。

「わかった、早々に誰かに引き継ごう」

日本の上司などは、こちらから条件を突きつければ存外弱いものだ。普段から馴れ合いで仕事しているから、いざ身内が反旗を翻すとビビッてしまうのだろう。しかし部長が承諾したのはよかったものの、そこまでして女を贈呈役に据えたい根性はわからなかった。

私の予想はズバリ的中し、課長が姿を見せたのは午後四時十分だった。これほど見事に当たるなら馬券でも買ったほうがましだった。送別会にはナント社長並びに副社長、さらに私がいちいち名前を覚えていない役員その他まで来た。図らずも露呈した幹部クラスの暇っぷりである。いま私が暴動を起こし、ここにいる全員を再起不能にしたら弊社は倒産だ。

送別会には四十分を要した。刻一刻と増す加齢臭は、課長に相応の人望があったことを意味し、私は羨ましいと思った。私の送別会などは企画すらされないだろう。

贈呈の段になると、私は贈呈した。さっき花屋から届いた花束は何だか野菜のような匂いがし、一週間も経たずに枯れてしまう生身の湿っぽさがあった。私はスポーツの大会とかで、メダルの盆を持つ人の気分になった。飾り物が、飾り物を渡すのだ。

私の手渡す花束他は、私と課長の間でピタリと時間が止まった。写真撮影のためだ。もちろん我々はカメラに向かい、ニッと気持ち悪く笑う。記者会見のように同じ写真が何枚も撮られる。

藤田が構えるスマホの向こうには、映画監督のようにご満悦の部長の顔があった。そうか、この写真のために、部長は何としても女を配員したかったのか。ニュース番組のアナウンサーのように、異性一人ずつじゃないと何か画面が締まらんっ、とでも思ったのだろう。私は破顔しながら、自分が丸裸になった気がした。

その晩、またもや身体が火照った。

今回は下腹が空っぽになるほどの仰々しい排便があった。腸も丸ごと排出されてしまったのかと思った。代謝不良の極北に立つ私は稀代の便秘持ちでもある。あまりに大量だったため、私は流す前にしげしげ見下ろし臭いとも思わなかった。ついさっきまで私はこの宿便を子分のように引き連れていたわけだが、一度出してみると、そんなのはとても信じられない。

排便が劇的だったため私は呆然とし、台所で水を飲んだ。私の身体はゴミ屋敷のようにいらんものを大量に溜め込んでいた。最先端の技術を駆使すれば家畜の糞を熱エネルギーに変換できるのではなかったか。私の身体は最先端ではなかった。それどころか宿便からもいじいじ養分を搾り取っていたのだ。ちょっと待て、まだ吸収し損ねた栄養があるかもしれないからと、去らんとする便を呼び止めしつこく引き留めていたのだ。何て、おぞましいのだろう。悲しくさえあった。そんな必要はないのに。私はちゃんと三食よく食べているのに。

私は普段思い出さないことを思い出した。もう十何年も前、冷え性が治るんじゃないかと期待しながらランニングに明け暮れる日々を過ごしたことだ。今はジムのトレッドミルでたらたら歩くだけの私からすると、当時は確かに若かった。

全くタイムが伸びなかった私に活を入れた先輩がいた。曰く、痩せろ。今より十キロは落とせ。背が高いことは長距離では強みになるが、重かったら何の意味もない。私は神妙に拝聴する反面そのアドバイスを聞き入れるつもりはなかった。痩せたらもっと寒くなると思った。やがて先輩は「佐藤は心が弛んでるから身体も弛んでるんだよっ」と、私を一喝した。何て残酷な指摘だろう。しかし残酷だったのは指摘の内容で、先輩その人は私を陸上選手と見做すただ唯一の人だった。他の人は、私が走るのはもっぱらダイエットのためだと思っていた。

その先輩に指摘されるまでもなく「健全な魂は健全な肉体に宿る」とは古くから言われていることだった。その逆も然りなのだろう。頭に稲妻が走った。そうだ、体温が上がったのは、いずれも私が珍しく寛容を発揮した時だった。前は魚の切り抜きに手を貸した。今回は贈呈役を引き受けた。通常そうした献身的行為を疎む私には、どちらも異例の事態だった。この異例に、私の身体は反応したのではないか。私は総合的にケチなのだ。財布の紐にしても、ちょっとした手伝いにしても、後進育成にしても、人を許せるか否かにしても。どの項目でも私は百点満点のドケチ。ならば身体がドケチだったとて、おかしな話ではない。筋肉も脂肪も豊富でありながらいつも寒がっている在り方。食べても食べても熱に変換しない在り方。半永久的に宿便する在り方。いずれもケチな体質の証左だった。

そういうことだったのか。この身体のドケチは他ならぬ私のドケチに由来するところだったのか。ドケチな魂にはドケチな肉体がお似合いなのだ。

翌土曜の朝インターホンが鳴り、覗き穴の向こうにいたのはアパートの管理人だった。ラジオ体操の帰りらしい。私はダウンに袖を通すとチャックを一番上まで引き上げた。管理人は「すっかり忘れてたんだけど」と、すまなそうに前置きし、給湯器の新調費を負担する旨を申し出た。アパートの規約にそう書いてあるらしい。

「領収書はある？」

「ええ、ありますよ」

保証書と一緒に冷蔵庫に貼ってある。玄関から徒歩三歩の冷蔵庫に向かいかけ、はたと立ち止まった。

お前、いまラッキーと思っただろ。このままいけば、七万八千円が戻ってくる。棚から牡丹餅と、ほくそ笑んだだろ。

くるっと半回転すると、私は管理人に向き直った。言うのか？　七万八千円だぞ？　猛烈な葛藤があったが、試さずにはおれなかった。

「渡辺さん、折角ですが、ここは私が全額負担します」

「えっ、なんで？」

「故障の原因は私の使い過ぎだったんです。設置も三年前で、全然古くありませんでした。ですのでアパート側の不備ではありません。私の使い方が不味かったんです」

ひと悶着あったが私の決心が固いのに根負けすると、管理人は「わかった」と引き下がった。私は普段から礼儀正しい住人だ。管理人なりに「真面目な人なんだねえ」と理解したようだった。

確かに何も言わなければ、得をした。

そういうしみったれた根性が、お前のケチな体質の元凶なんじゃないか？

一時間後に、身体が芯から温かくなった。半日ほどその高体温は続いた。

部長は案の定「新人担当の件だが……」と、言い難そうに切り出した。皆まで言わずとも交代不可と知れた。

「すまんがやっぱり交代はなあ……」

不甲斐ないとばかりに顔を顰《しか》めるが、そんなのはただのポーズだ。部長に何としてもというガッツがあれば、中田にしろ藤田にしろ大島にしろ、交代要員を立てることはできる。高が新人教育である。高が女の我儘である。今回はそれには及びたくないだけだ。

「まあ佐藤のほうで、何とかしてくれよ」

ふん。教育をおざなりにするのは政府も会社も同じだ。後のち大変なことになるぞ。あの悪名高いゆとり世代の申し子が、この私なのだから。

「わかりました、引き続き私が担当します」

あっさり引くと、部長は「えっ」と逆に肩透かしを喰ったようだった。まんまと贈呈役を引き受けた私は、馬鹿を見たことになる。元より大抵の口約束は反故にされるにしても。来い、と念じていたら、三十分後に身体がカッと熱くなった。私は恍惚とした。今年の冬は、あっという間に過ぎるかもしれない。生まれて初めて抱く希望だった。私の上気した頬にはいよいよ血が上った。

私は意を決すると、上野と山本に新人担当として期待される以上の教えを施した。

私は客先ごとの仕様書の「抜け目」を二人に教えた。仕様書とは客先の定めるタンクの要求事項だが、例えばDケミカルのそれは七十頁しかない。七十頁を前にすると二人はムムとなったが、たった七十頁で、一基のタンクを建てるのに必要な情報が全て網羅されているわけがないのである。網羅されていない部分はグレー、即ち「抜け目」を指す。そうした部分は応札者たる我々の裁量で決めなければならない。と「決めなければならない」という弱腰は応札者失格で「自分達で決められる」と前のめりになるのが本来の姿だ。なぜならこういうところで知恵を絞らないと、とても同じ物を同じように建てる他のタンク屋と差がつかない。それなりの発注金額だから、小さなことでも目をつければ百万円や二百万円は容易に浮く。

私は客先ごとにどういう「コストダウン」が可能なのかを列挙したエクセルを持っていた。こんなセコいことを体系的に把握しているのは施工部でも私ぐらいだ。素地調整（塗装前の下地処理）の変更、海外製鋼板の使用、非破壊検査における抜き取り率の削減、手摺の材料は鋼管じゃなきゃ駄目か、薄板でもいいか、プラットフォームの床はグレーチングじゃなきゃ駄目か、チェッカープレートでもいいか。七年間ひとり、しこしこ更新し続けてきたものだ。これは有用だから皆に共有しよう、とか一度として思わなかった。タンクなどは現地組とて半分は規格品で、所詮どれも同じような仕様になる。前と同じのを使い回してもいいっちゃいいのだが、そんなのは二流だ。私は安くできるところには徹底的にメスを入れる。だから私の担当する案件は、人知れず他の部員より若干受注に至りやすいのだ。

私はこの門外不出のエクセルのパスワードを解除すると、二人に送信した。二人は途轍もないショートカットを果したことになる。勘の良い上野はどういう風の吹き回しか佐藤さんが血の通った話をしていると、ちょっと緊張した面持ちだった。山本は目をぱちぱちさせていたが、いずれわかる日が来るだろう。

小一時間の説明が済むと、早くも私は汗ばんでいた。いつにない活力を感じる。首尾よく体温をゲットしたことに満足する一方、これでよかったのだろうかとの葛藤が過る。手放したのは自力で獲得したノウハウ、ハウツー、つまり、私がこの会社で生き残るための武器じゃなかったか。途端に取り返しのつかないことをしたと愕然とした。しかしもう撤回できない以上いいも悪いもなかった。私は熱い拳を作りながら、これでよかったのだと思い直した。

継続が肝要である。その後も体温のために、私は気前よく物を教え続けた。次第に二人もあれこれ気負わず訊ねるようになり、以前の私だったら（そんなの調べればわかるだろ）と白けた質問も増えたが、私は海のように広い心で、何にでもきめ細かに応じた。その度に熱が放出され、私は空っぽに近づくと同時に、自分の社内的な価値が一つ下がるように感じた。

空っぽの感覚があったのは、現に私の身体が自らを削ぎ落としていたからだ。食べる量は変わらないままに、体温が急激に上がった。常時体温が三十七度を超えるようになった時、こっそりジムの体重計に乗ってみたら、八キロも減っていた。八キロ分の熱量。言われてみれば、それくらいの放熱をしたことに違和感はなかった。

「何か佐藤は、いきなり初心に返った感じだな」

私は咄嗟に愛想のいい笑みを作った。正しい接客のように、人前では反射的に笑うようになっていた。以前はもっぱら「仁義なき戦い」の撮影現場にいるような表情だった。

「そうですかね？」

初心に返ったのかはわからないが、ニコニコすれば身体が温かくなるのを知った私がニコニコを止めるのは難しかった。愛嬌を振りまくのは一見簡単そうに見え、そして、時には馬鹿そうにも見えてしまうが、実際は一定以上の度量がないとできない。私も愛想笑いの一つもしなかった頃は、顰蹙《ひんしゅく》を買ってばかりいた。

「何か生き急いでるみたいだ」

はっと先の一万円を思い出した。自分が一万円を忘れていたことに魂消たが、藤田に折半を申し出なければ。私は思い止まった。ケチっては駄目だ。ケチな肉体はケチな魂に由来するのだから。私は迷いを振り払うように、殊更ご機嫌に振る舞った。あの一万円は、皆のために私が提供したことにしよう。

私の変容は藤田には引かれたが、概ね好評を博した。同僚達は、私に雑談を振るようになった。私を下の名前で呼ぶ上司も出てきた。あらゆる雑務を頼まれるようになった。

関西圏に出張した上司が「赤福」を買ってくると、その上司は「これ皆に配っといて」と、通りざまに「赤福」の袋をドンと私の机に置いた。大好きな土産品である。が、状況を理解すると「何で私なんですか」と、私は以前の態度に戻った。「取りたい人はご自由に」と共用スペースに置いておけばいいじゃないか。それか私より若い部員に依頼するべきだ。上司は「あ？」と反抗を示した私を振り返り「いいじゃん、配っといてよ」と、他の上司と雑談を始めた。私は頭に血が上ったが、そうだ、今までは喧嘩するしかなかったが、今はこれに我慢すれば高体温になるのだと思い直した。選択肢が増えるのはいいことだ。考えが変らぬうちに、急ぎ袋を手に給湯室に向かった。「赤福」は個包装になっていないため、一個一個を爪楊枝と共にラップに載せて、各人の机に配付して回らなければならない。「お早めにお召し上がり下さいね」とか一言添えながら。

　上司の零したコーヒーの後始末もした。上司が派手に粗相しコーヒーを床にぶちまけたのだ。その上司は「おいっ、ケイちゃん」と、十名余りの部員越しに大声で私を指名すると「ちょっとこれ頼むわ。俺これから会議だから」と言い残すやそのまま廊下に消えた。反論する間もなかった。そして、誰も、何も言わなかった。私は例により給湯室に向かい、シンク下の収納スペースからバケツと雑巾を取り出した。しゃがんだまましばらく動けなかった。これは同僚達も悪いが、私も同じだけ悪い。でも膝の上で作った拳は火を摑んだように熱い。寒くないのは憎たらしいほど快適で、素晴らしいのだ。

　私の変容については恋人ができたのだとか、そいつが十歳年上だが地主なのだとか、十歳年下だがラガーマンなのだとか、やっぱ佐藤も女なんだねとか、最近は肌が艶々になってきたとか、女は恋すると明るく優しくなることが実証されたとか、好き勝手に言われたが、私は一切を気にしないようにした。許す心、である。ここで怒ってはならぬ。噂などは噂を主催する人間が、楽しく盛り上がればいいのだ。私はむしろ、この新たな温活に出会ったことを天に感謝しようとした。

　コンビニに寄る度に、レジ脇の募金箱に五百円玉を投じた。募金など小学校の赤い羽根以来だ。サービス精神の非ケチほどではないが、金銭的な非ケチも高体温に繋がる。私は自分が億万長者じゃないことを、少し残念に思った。平民の私はやはりサービス精神で体温を稼ぐしかない。

冬が深まるにつれ、さらなる体温が入用になった。寒がる人を見ると、もう二度と寒い身体に戻るのは御免だと思った。

「現場見学に行こう」

その日、私は上野と山本に告げた。現場見学とは工事現場に半日ほどお邪魔する教育機会だ。百聞は一見に如かずではないが、やはり生の工事現場を直に見るのは大変勉強になる。こんな機会をわざわざ設けずとも二人もいずれ現場勤務になるが、その前に一度実物を見ておくのは悪くない話だった。あとしばらく続く見積業務にしても、モノをイメージできたほうが身になるだろう。

現場見学が閃いたのは、その調整が大変だからだ。実現すれば相当の高体温になる。当然ながら、危険物を扱う化学プラントにあって「隣の晩ごはん」のようなアポなし訪問は絶対に許されない。加え入構者は事前に二日間の安全講習を受けねばならず、何より慢性的に人員が逼迫している我等が施工部では、現場業務を必要最低限の人数で回している。ひと現場に二人か三人、ブラックだと一人だ。どの現場でも見学者など邪魔物以外の何物でもないわけで、まずは引率者たる私が頭を下げるところから始まる。

「あのねえ、こっちは忙しいんだよ」

「すみません、ただ今年は二人とも珍しく施工部が第一希望だったので、是非にと思いまして」

日帰りだと訪問できる現場は限られていた。私は京浜工業地帯の現場に訪問を打診した。

「そんなこと言われてもねえ」

「そうですか……部長から直々に、行かせてやれと言われてるんですが」

話が平行線になると、私は切り札の部長の名を出した。事実この案に部長は大喜びだった。私がいかにも「甲斐甲斐し」かったからだろう。途端に先方の対応は変わった。そうか、それなら仕方ないな。再来週の金曜午前なら訪問可、ヘルメットと安全靴は要持参、安全ゴーグルは貸し出す。昼飯の弁当も手配するが、中華丼か親子丼か、お好きなほうを選べ。

もちろん私は怒ったりなどしない。ここでこそ人を許せるようにならなければ駄目だ。またひとつ、身体が温かくなった。私はこう思った。他の人はいざ知らず、私の体温は、何てこうも得難いのかと。

結露した車窓の前で、私は爆睡していた。もともと通勤中に寝入ることはなかったが、人並みの体温を手にしたことに加え、先の課長退職による余波で、直近の私は残業百時間超えの勢いにいた。繰り上げで昇進した今の課長が、なかなかの業務を抱えていたわけだ。私は新人担当でありながらホイホイものを引き継いでいた。

疲れたなあ、休みたいなあ、とは思う一方、不思議と活力に満ちた私だった。いつも身体が温かいせいで、永久機関さながら休まずずっと動き続けられる感じだ。はっと起きると下りる駅だった。あわや横向きにした身体をホームに擦り出した。

来週は仕事納めだ。そうと来れば忘年会である。例年不参加の私は部署の一体感を損ねる存在だったが、今年は七年振りに参加することになる。二次会代わりのボウリング大会にも出場し、ボウリングなど私は下手に違いないが、こういうのは参加することに意義がある。ガターの柵を立てるのは、やっぱり駄目だろうか。

忘年会にはさらなる企画があった。

きのう同じ施工部の石岡が私を廊下に呼び出した。石岡は「佐藤、最近痩せたね」と切り出した。

「ダイエットとかしてんの？」

「まあ、そんなところです」

「何かヤバい薬とかじゃないよな？」

「違いますよ」

石岡は冗談っぽく笑ったものの、早くも間が持たなくなり本題に入った。お前いろいろ噂されてるけど、特定の相手がいるわけじゃないんだろ？

「実は設計部にずっと嫁さん探してるやつがいるんだ。この際もう誰でもいいって」

石岡は洗礼者ヨハネのように一本にした人差し指を天井に向けた。設計部は四階にある。大学の後輩だという。

「忘年会にそいつも連れてきていいかな？　ちょっと会ってみてくれよ。気が向いたら付き合ってみればいいじゃん。お前もいつまでも仕事一筋じゃあれだし」

　私はポカンとした。あれって何だろうか。嫌です。それは遂に発言されなかった。私は逡巡した。石岡のリクエストは嫌だったが、この極寒の季節に低体温に戻るのはもっと嫌だと思った。「じゃ、よろしく」と、石岡は自席に戻った。その時になって、私は自分が完璧に微笑んでいたことに気づいた。

　青信号が点滅すると、私は駆け出したものの大失速し、危ういところで渡り切った。近ごろ出勤がジェームズ・ボンドみたいになる。肩で息しながら大量の汗が噴き出る。いやはや、代謝の力には恐れ入る。会社の門を越えてもタオルが必要なほどだった。

　現場見学当日の朝は、ちょっとしたトラブルがあった。山本が遅刻したのだ。その前から山本はギリギリの出勤になっており、いつかやらかす兆候は大いにあったものの、よりによって最も都合の悪い日に寝過ごされた。

　私は後部座席の上野に山本に電話してみるよう頼んだ。すると「え、わたし山本の連絡先知らないです」と、あっさり拒否された。沈黙が落ちる。こういう時のために、施工部にはスマホから閲覧できる緊急連絡先リストがある。私は上野にそのリンクを教えた。上野は溜息をつくと、渋々ながら、山本の電話番号を検索し始めた。わざわざ俺にやらせんのかよ。こういうのは引率者の仕事じゃないの？　上野も配属直後から大分変わった。最近は頑として外線に出ず、もっぱら私がしびれを切らすのを待つようになった。私は朝日に目を細めた。寝癖全開の山本は二十分後に現れた。後部座席に転がり込み「さあせんさあせん」と唱える。私は「いいよいいよ」と返し、サイドブレーキを引き下げた。あと三分遅かったら先方に連絡するところだったが、まだスピード違反すれば間に合う。右手でしきりに頭部を気にする山本に、今からヘルメットを被っておけば着く頃には直るとアドバイスした。

　現地はとっておきたくなるような年の瀬の快晴だった。新旧の分解炉や蒸留塔の巨軀が、主のように小さな自分らを見下ろしている。

　我々三人と案内役の上司が現場に出ると、五十トンクレーンが三次元に切り出された鉄板を地切りしたところだった。玉掛け工が脇に除けると荷は高く吊り上げられ、その球面の一部になる鉄板が太陽の前を斜めに横切った時、それは何にも似てない黒い影になった。何だ、いきなり一番いいシーンじゃないか。

　地上二十メートル、鉄板の据付位置には二人の鳶工がスタンバイし、無線を口許に寄せた一人がクレーンのオペレーターと応酬を交わす。クレーンの操縦席から据付位置は見えない。それでも鉄板はあるべき場所へ漸近していく。

タンクを見ると天辺に上りたくなるが、そこまで完成しているものはなかった。チラと二人を窺うと、目が本社でデスクトップを見ている時とは違う。二人とも忘れたように、瞬きひとつしないのだ。私は何も言わず、顔を正面に戻した。つまらん小解説は帰りの車中でいい。


昼休憩になると我々は現場事務所に戻った。上司はわざと帰りは遠回りし、左右に既設タンクが立ち並ぶ道を選んだ。各種タンクが文句なしの教材として、蟻のような我々を取り巻く。

一基の球形タンクを見上げると、しばし私は自分が引率者であることを忘れた。二人と前に、表面積の話をしたことを思い出した。球は同一体積に対する表面積が最小になる形状だ。そのため外気の温度に影響されにくくなる。

タンクには幼稚園児の名札のようにデカデカと名前が書いてある。主にゴシック体で、何のタンクなのかが明記されているのだ。そのタンクには「プロピレン貯蔵タンク」とあった。そのまんまである。板厚は三十五ミリを少し超える程度だと思う。

入社以来嫌になるほど見てきたものを、私が今更のように見上げたのは、何も記憶喪失になったからではなかった。このタンクの中身は年中外気より熱い。つまり常に冷やされる立場にある。そのため表面積を最小にする、つまり丸くなるという手段により、その熱量を何とか守っている。そんな当たり前のことに気づいた。

私は外気の入冷をもろに受け、がちがち震えていた自分を思い出した。なけなしの体温すら死なない程度にしか守れなかった私。私が人より球に近い生き物だったのは、あるいは必然だったのかもしれない。私の身体は自分が宿命的に冷え性であることを知っていたから、生き伸びるために、球たらんとしたのか。たとえそれがどんなに無様な姿ででも。まさか。私は安全ゴーグル越しの直射日光に、ぎゅっと目を細めた。

　得てして丸いものは笑える。丸いものには人間の警戒を解く作用があるのだ。化学プラントには蒸留塔とか熱交換器とかポンプとか反応器とか何百基もの機器があるが、それらの外観はいずれも有能らしくカッコいい。大型のコンプレッサーなどは屋外にあるのにほとんど精密機械のような複雑さを呈す。それらに比べ、球形タンクは不可避的に間抜けな存在感を放つ。真剣に見詰めていると、何か笑ってしまうのだ。大した芸もなく、愚直に入れ物として丸々としているからだろうか。業界的に備蓄用タンクは年々大型化の傾向があるが、丸いものが威圧的にデカいのもコミカルなことだ。

　現に仰ぎ続けていたら、ちょっと笑えてきた。これが外界に最低限しか接しない姿なのだ。折しも逆光だったから、一層面白かった。

　三人は二十歩ほど先にいた。上司がどっちが現場見学に来たんだと呆れる。長いこと見上げたせいか、視界がちかちかと回り、立ち眩みもした。私は競歩さながらの足取りで三人を追った。プールサイド同様、工事現場では絶対に走ってはいけないのだ。

仕事納めの日、午後の大掃除で私は一人窓拭きを志願した。

「あれ、佐藤いつもの格好じゃん」

最後の窓によじ登ろうとすると、おやおやと石岡が近づいてきた。当日は「とろんとしたブラウスとスカートとパンプス」で来るよう言い渡されていたのだ。

「掃除が終わったら着替えますよ」

石岡は今まで多方面に「挨拶回り」していたらしい。

「化粧はこれからするんだろ？」

「ええ、掃除が終わったら」

「お前何か寝不足じゃないか？　隈ができてるぞ」

「え、そうですか？」

「おいおい、前の日くらいしっかり寝てくれよ。今日はお前の人生で一番大事な日なんだよ？　わかってる？」

煙草を咥えると、石岡はベランダに出た。


大掃除は午後五時に終わった。部長が素面の挨拶を済ませ、そのまま一同は居酒屋に直行することになった。私は最後まで残った。佐藤は「ドレスアップ」してから参上すると思われていたから、ぐずぐず居残ってもニヤニヤされこそすれ、何も言われなかった。

その時も、私は寒くなかった。しみじみ自分の板についた高体温を思う。寒くない状態をよりよく実感するために、組んだ両手で後頭部を支え、青空のように天井を仰ぐ体勢になった。脚を大いに開き、それから全身の力を抜いてみる。これっぽっちも寒くなかった。これは極度の冷え性にしかわからないことだが、それなりの体温がないと、室内とて真冬にこの体勢にはなれない。私は無人の執務室で、自分が寒くないことに感じ入った。

本当は、掃除とかしてる場合じゃなかった。Z案件の締切りが「今日中」だったのである。今から最終的な工事費をまとめ、営業部に提出しなければならない。この締切りは、問答無用のマストだった。

私は向かいの壁時計を見遣り、そろそろ忘年会が始まることを知った。Z案件の締切りを、忘れていたわけではなかった。わざと日中は手をつけなかったのだ。とうとう私は幹事の山本に電話を入れ、悪いが忘年会は不参加だと伝えた。

誰より熱心に大掃除した私は、あるいは心ここにあらずだったかもしれない。自分が忘年会に行かないことを、自分だけが知っていた。機会を窺いながら、石岡に直接言うことはできなかった。ここに来て約束を破る後ろめたさがあったし、私自身なおも踏み切れないものがあった。今だって踏み切れた気はしない。ただ退路が断たれたのは事実だった。

師走らしく、ぎょっとするほど日の入りが早い。無情に進む秒針に、石岡のガチ切れを確信した。面子を気にする石岡だから、部下がドタキャンとならば著しくプライドが傷つく。設計部何某も肩透かしのはずだ。

私は放心した。あーあ。ここに、私は人に寛容になれなかった。人に、優しくできなかった。私は漫然と別に眺めがいいわけじゃない窓から外を眺め、そして、寒そうだと思った。黒い夜気が、肌に凶器とばかりに見える。そこに薄っすら雑巾の拭き跡が透ける。絶望を覚えた。石岡のリクエストに応じておれば、今ごろ私は莫大な高体温を獲得していたはずだ。逃がした魚は大きい。私は石岡の期待に応えたかったし、設計部何某のにも応えたかった。それは嘘じゃない。私は、寒いのは嫌だ。本当に寒いのは嫌いだし、子供の頃から寒がる自分も大嫌いだった。

携帯が鳴り、一回目は山本からだった。無視していたら、石岡から立て続けに着信が入る。流石に罪悪感を覚え、ちゃんと言い訳しようかと迷った。すいません、あの、Ｚ案件のこと、すっかり忘れてたんですよ。私は携帯の電源を切った。派手にブッチした反面、居眠りこそしなかったが、それに近い無能ぶりだった。

十分もすると、ようやくＰＣに手をつけた。せいぜい二時間と目した作業には、結果三時間を要した。ここに言う「工事費のまとめ」は主に数字の転記と再確認で、二つのエクセルを渡る目がしょっちゅう迷子に陥った。疲れてんな、の一言に尽きる。終盤は気力を振り絞り、十分おきに目薬を差し、普段は飲まないモンスターエナジーを呷り、辛くも午後九時半に成果物を上げた。営業宛のメールが送信済ボックスの一員になると、ああ、これで私も正真正銘の仕事納めだ、と感じ入ることもなく、やはり、しばし虚脱状態になった。外の暗さは午後六時から変わらないが、時計の針はとことん進んでいた。

モンスターエナジーのせいか、指先にはっきりとした冷えを感じ、俄かに二次会のボウリングには参加しようかという考えが生まれた。ブッチの罪が多少なりとも軽減される気がする。何より失われた体温を取り戻せる。ラウンドワンは隣駅だから、二十分後には合流できるはずだ。私はこれが真の仕事納めだと、立ち上がった。

出しな、これもモンスターエナジーのせいか尿意を覚え、トイレに寄った。凄まじい眩暈に襲われたのは、個室に入り掛けた時だ。

一気に血を抜かれたように、脚から踏ん張る力が抜けた。貧血かと驚く傍から立っていられなくなった。跪《ひざまず》くと、心臓にずきずきする不快が生じ、手が勝手に胸をかきむしった。明るいボウリング場と死の予感が同時に頭を過る。犬のように息を切らせた。幸か不幸か、死の恐怖、が、迫る前に、ヒヤリとしたリノリウムの床を頬に感じ、それが最後の記憶になった。

目覚めると、私は病院にいた。寝かされていた。窓の外は真っ暗である。遠目に見覚えのあるパチンコ屋のネオンが光り、毎年会社の健康診断で訪れる病院だと気づいた。

診察は明朝となった。

「頻脈ですね。脈拍が平均の一・五倍もあります。倒れた時は二倍を超えていたようです。結構すごい数字ですよ」

腋から体温計を取り出すと、三十六・二度だった。

「体温は異常なしですね。平熱はどれくらいです？　何か自覚症状はありますか？」

私は何ともない旨を伝えた。二度寝したら、体調は元に戻った。

「私は頻脈なんですか？」

「典型的な頻脈です。最近息切れするとか、眩暈がするとか、動悸が激しいとか、そういったことはありませんでしたか？」

頻脈は不整脈の一種らしい。その症状の最たるものが、失神とのことだ。不幸中の幸いだったのは、清掃員が私を発見したことだ。でなければ年明けの冷たい発見になっていたかもしれない。私は救急車に乗ったらしいが、全く記憶にないのが取り残されたような感じだった。

「あと体重が前回の健康診断より三割近く減っています。無理なダイエットなどされましたか？」

診察の次は心電図だった。冷えピタのような電極が身体の随所に貼られた。あっという間に検査は終わり、確かに頻脈気味ではあるが、今は重篤ではないと判断された。それでも念のため、もう一晩の入院を命じられた。

脈か。糊のきいたガウンを羽織りながら、私は呆然とした。脈拍は盲点だった。

午後になると、長年Kタンク工業を担当しているという産業医に会った。職場で倒れると勝手に連絡が行くらしいのだ。この病院は、その産業医の本拠地でもあった。

面談は実りのない一方通行に終始した。私にやる気がなかったのだ。産業医もこうした患者の不心得には慣れているらしく、淡々と必要最低限の質問を重ねた。内容よりは面談したという事実が重要なのだろう。私の身が入らなかったのは、元より「ストレス」なる単語を連発することが仕事のような産業医をイマイチ信用していなかったこともあるが、今回ばかりは私は自分の身体のことを、誰より深く理解していたのだ。

あれですね、これは職場でのストレスが……ほら、出たよ、ストレス。私は鬼の首を取った心地になった。その片仮名四文字を使わずに産業医に仕事をさせてみたいものだ。「ストレス」には無性にムカつく。何か汎用的過ぎて、弁解じみていて、あざとくて、甘ったれていて、それを言えば何でも許されると思っていて、ムカつくのだ。私は久し振りのムカつく気持ちを噛み締めた。

「お倒れになったのが会社サンのほうだったので、一連の治療費は会社サンのほうで負担されますから」

産業医の話で私の興味を引いたのは、それくらいだった。

「別途申請が必要になりますが」

こちらに目を通しておいて下さいと、産業医は労働災害の分厚いパンフレットを寄越した。私がこんなものの世話になるとは。

「申請が通らないこともありますか？」

「いやあ、いちおう審査はありますけど、佐藤さんの場合は間違いなく過労が原因のストレスでしょうから」

産業医に疑いの余地はないらしい。訊いてみると、私の過去八年分の健康診断の結果を見せてくれた。脈拍の欄を見ると、判定はBすれすれのAだ。

「もともと佐藤さんは徐脈よりだったんですけどねえ」

産業医は何度も頷きながら、この急変は過労で間違いなしと結論づけたようだった。医者なんて、この程度だ。


やはり人間が倒れるのは大事だったらしく、休日にもかかわらず部長から電話が来た。手短に済ませ「良いお年を」と結んだ。石岡からは、今回は残念だったが、体調が戻ったら何としても設計部何某と会ってくれと言う。お前、新年会には来んだろ？　私は「良いお年を」と電話を切った。

患者の共用スペースには大型の液晶テレビがあった。夜になると私はまったりソファに全身をあずけ、年末の警察24時を視聴した。その傍ら自分の脈拍を測った。

もともと私は徐脈よりだった。人間が一生に打てる鼓動の数が決まっているなら、これもケチの一環だったのかもしれない。この身体の徹底したケチぶり。それがせっせと脈の無駄遣いに励み、生真面目にオーバーロードした。命を縮めるのは最大の非ケチだ。誰かに生き急いでいるようだと言われたことを思い出す。

　不良少年の暴走バイクをパトカーが追跡する場面を観ていたら、テレレレレンッと、画面上部に速報の白いテロップが流れ、何ということだ、明日は関東でも朝から降雪があるという。

「あらあ、嫌だねえ」

　途中から一緒にテレビを観ていた患者は至ってシンプルな感想を寄せた。七福神のリーダー格によく似た患者である。私は深層心理を言い当てられたように感じ、内心かなり驚いた。それで呆気なく気が散りまたもや脈拍は測り直しになった。

「そうですね、積もるんですかね」

「あたし、寒いの苦手なのよ」

　ＣＭに入ると患者は席を外し、見舞いの品に貰ったという豪勢な食べ掛けのクッキー缶を持ってきた。明朝の首都圏は、白くけぶるだろう。バスは遅延し防寒は足りない。甘いクッキーはデパ地下のいいもので、指の粉を払う傍から次の一枚に手が伸びた。

　ＣＭが明けると我々は寡黙な視聴者に戻った。私は座り直し、テレビ脇の置時計に見入る。脈拍は一分間に打つ鼓動数だ。秒針が十二を指すと、私は何かの審判のように、一から自分の脈を追った。それはともすると見失うほどささやかな気配だ。

不良少年が補導されると、次は振り込め詐欺の張り込み捜査だった。私は目を閉じ脈のカウントに集中する。あたし、寒いの苦手なのよ。何て、遠かったのだろう。私は終《つい》ぞ、それに手が届かなかった。二十を数えた時に、ぐっと体温が下がる感覚が走り、途端に身震いした。つんと身体の芯が冷たくなる。腕中に鳥肌が立つと、首を竦め、全身に力を込めた。

その周囲、五十八センチ

それは、過去に何度か見た夢だった。見ると、私の太腿には刺青が入っている。その藍色の刺青は、太腿の最も太い部分をぐるりと一周しているようだ。何か細かい模様があしらわれており、目を凝らすと物差しの目盛りが浮かび上がる。ゼロから始まる最小単位がミリメートルの目盛りだ。十ミリごとに、線は力強く強調されている。

それは、太腿の周囲をテープメジャーで測定した時の光景だった。それがそのまま刺青と化したようだ。

私は、しげしげと太腿に見入る。いつしか腰を折り、目盛りのゼロと交差する箇所を、正確に読み取ろうとする。

午前四時半に、目を覚ました。目覚める前から、どう動けばいいかはわかっていた。そろそろ布団を払い、慎重に上体を起こす。スローモーションでベッドから下りる。びりびり悲鳴を上げる脚をフローリングに這わせ、空き巣のように暗い廊下を進む。何とか壁の電気スイッチに辿り着く。

今日は、三連休明けの火曜だ。闘いは、これからである。

私はロボットダンス顔負けの一定の速さで、朝の支度を試みる。その加速度の反動を極限まで排除した動きには、そういう伝統武術のような、言いようのない凄味がある。傍目には奇妙奇天烈だったに違いないが、一人暮らしなので、問題ない。

最も辛かったのは、入浴だった（朝風呂派だ）。私は三日間穿きどおしの黒い圧迫タイツを、顔を歪めながら、時間をかけて脱ぐ。入浴が済むと、今度は水分を含み滑りの悪くなった皮膚に苦戦しながら、脱ぐ時の倍の時間をかけて、同じタイツを穿く。

脚が痛い。しかし、私は全く辛いとは思わない。この強烈な筋肉痛のような痛みは、私に生きる手応えをもたらす。

午前五時二十分に、家を出た。

職場は東京都S区だ。ここ埼玉県I市からは、片道二時間である。それにしても出発が早いのは、始業の一時間前には仕事を始めたいからだ。それに、今朝は通常の歩行速度は期待できない。私はマンションの前で、ゴルフバッグをトランクに積み込んでいた住民にぎょっとされた。

引っ越せよ。

誰もが私に言う。

しかし、私とて馬鹿ではない。ここに住むべき理由があって、住んでいるだけのことだ。単純な話だ。この西武線沿いにあるマンションは、両親が四十代の時に（間違って）買ったものなのだ。だから私は家賃を払わなくていい。それだけのことだ。

こんな辺鄙《へんぴ》な土地に、なぜ？

十代の頃、私は不思議でならなかった。当時のここを買うと決めた両親の顔が、合戦直前の戦国武将のようだったのを覚えている。

両親に一世一代の決心をさせたのは、時代だった。バブルの絶頂期だったのだ。一部の背伸びした一般市民が、しばしばマンションを買うことがあった。両親も右に倣えと勇んだのだ。

ところが、私たち一家がそのマンションに住んだのは三年足らずだった。父が仙台に転勤になったのだ。マンションは人に貸すことになった。

もはや両親は、そんな一連を笑い話にしている。なんで買っちゃったんだろうねえと。しかし、笑い話にする必要はこれっぽっちもない。私が目下、嬉々として住んでいるのだから。

私は、ここに五年間住み続けている。このマンションの存在なしに、私の生活は成り立たない。

故に、私は思う。ありがとう、バブル経済よ。そして、おっちょこちょいの両親よ。

Gクリニックで処方されたロキソニンを、ゆっくり歩きながら飲み下した。


私は金曜の仕事帰りに、太腿の脂肪吸引手術を受けていた。

脂肪吸引は、脂肪を吸引する手術だ。その術後の身体的苦痛（業界では「ダウンタイム」という）は、星の数ほどある美容外科手術の中でも最強とされる。

一口に脂肪吸引のダウンタイムと言っても、その程度は部位により異なる。ざっくり分類すると、頬と顎下は小結、背中と脇腹と脹脛《ふくらはぎ》と足首と二の腕と肩は関脇、正面の腹と腰は大関、そして、太腿全周と尻は横綱となる。

これは、経験者たちからの伝聞ではない。全て私の実体験によるものだ。私は今日までに、二十三回もの脂肪吸引を受けてきた。同じ部位でも二度三度と繰り返し、特に太腿の各部位については、これで都合七回目である。

私は他の美容外科手術には一切関心を持たない。ただひたむきに、脂肪吸引を繰り返すだけだ。


そうなるに至った全ての原因は、この太腿にある。

脚の問題というのは、即ち人生の問題である。これはこの世に存在する数少ない真実だ。脚が太いと、人生はものすごく難易度が上がる。

　このことに、多くの言葉を費やす必要はないだろう。わからない人には、さっぱりわからないはずだ。そういう人は、それでいい。一方で、このことがわかってしまう（可哀想な）人もいるだろう。そういう人も、それでいいし、そのままでいい。ただ他の人より少しだけ、強かに生きていくだけだ。しかし、このことがわかってしまう人は、そんなことはとうに承知しているはずだ。

　私の脚は、生来、人並み外れて太かった。

　その程度を定量的に示そう。その周囲、五十八センチ。この数値を聞いて、多くの人は安堵しただろう。ときめきのように、ちょっとした優越感を抱いたかもしれない。自分の太腿が何センチなのかわからない人は、そのことを天に感謝してもいいだろう。私は自分より脚の太い人を、終ぞ目にしたことがなかった。

　私の歩んだ青春の道のりは、改めて語るまでもない。

　幸か不幸か、私は三四歳の頃から自分の脚が極めて太いと知っていた。良く言えば、客観視できていた。悪く言えば、その心に自尊心の芽生える余地を永遠に失った。

　脚の太い人間というのは、何をしても無様なのである。何をやってもさまにならず、鬱陶しく、滑稽なのである。私は脚の太いことが、恥ずかしくてしょうがなかった。私の羞恥心は太腿の直径に等しく、私の人生に対する悲哀は太腿の表面積に等しかった。片時も私を解放しないこの脚というやつを、私は切り落としてしまいたいほど憎んだ。

当然ながら、制服のスカートの裾を上げたことはない。優等生ではなくて、ただそんなことをする資格が私にはなかった。もっぱら学校指定のジャージで過ごしていた。

しばしば容姿に欠陥のある女性がそうなるように、私は勉強に打ち込んだ。十歳になる頃には遠い目で悟っていたのである。私には、それしか生きる道はないと。そうして年月は経ち、私は気づいたら親族一同が引っ繰り返る日本一の難関大学に入学を果していた。

私が一流企業の総合職として働き始めたのは、今から五年前のことだ。私は配管設計のエンジニアという誠に手堅い食い扶持を得た。めでたしめでたし。そのころ埼玉県Ｉ市に戻っていた両親も、遂に長年温めていた沖縄移住計画を実行に移した。ところが（案の定というべきか）その後なかなか借家人が見つからず、そうした次第で、私が件のマンションに住む話が浮上したのだ。

当初、私はそのマンションに住むのを躊躇《ためら》った。遠過ぎるからだ。しかし、家賃を払わずに済むのは堅実な私の人生にぴったりの条件だった。私はＩ市での質素な生活を始めた。貯金ができたら都内に引っ越そうと、その時は密かに考えてもいた。

最初の脂肪吸引は、二十三歳の冬だった。

契機となったのは、ありきたりで申し訳ない、失恋だった。私は大学の人間と見事に破局したのだ。これには全身全霊で落ち込んだ。もうどうにでもなれと、自暴自棄にもなった。

今更に、ダイエットのことにも触れなければならない。なぜなら当時の私は拒食症になりかかっていたのだ。

件の失恋の遥か昔から、私は不屈の万年ダイエッターだった。私のダイエットがいつ始まったのか、それは神のみぞ知る。私は気づいたらダイエットに励んでいた。つまり、物心がついたときからだ。いやいや、幼子にダイエットなんて観念ないでしょう。それには一理あるが、しかし、私は物心がついた時にはこの脚の凶悪さを知っていたのだから、その瞬間から痩身を志したとて、あながち可笑しな話ではないだろう。

私は原則的に節制に努めた。夜の炭水化物は食べなかったし、喫茶店では四の五の言わずブラックコーヒーを頼んだ。納豆は単体で食べるものと見做していたし、何があっても飯は野菜から食べた。ランニングや筋トレ等の運動も欠かさなかった。

そんなストイックな生活を営んでいたせいか、こんなに脚が太いにもかかわらず、私の体重は普通だった。体重は四十八キロだ（身長は百五十八センチ）。極めて平均的な数値だったと言える。

ところが、幾らダイエットしても。

この太腿は、周囲五十八センチであり続けた。

ああ、私の太腿よ。私の最も身近な悪魔よ。お前の頑固さを、愚直さを、そんなにあるなら私にわけてくれ。お前の何としてでも太く在り続けるその根性には薄っすら狂気すら感じる。一体その驚異的な在り方は、何によって支えられているというのか。

失恋はダイエットに拍車を掛けた。当時のスローガンは「空腹は幻想だ」。絶食が日常と化し、私は仙人のように、ひたすら何も食べなかった。

そうして二か月が過ぎた時、私の体重は四十キロになっていた。

しばしば拒食症の人間がそうなるように、私はかつてない身軽さに狂喜乱舞した。痩せ過ぎによる目の隈だけは悩みの種だったが、私は二か月ものあいだ雀の涙以下の食生活を貫いた自分を祝福したい気持ちで一杯だった。

体重計から下りた私は、身体中に力が漲っていた。これだけ痩せれば脚が細くなっていないほうがおかしい。早速引き出しからテープメジャーを取り出した。

ところが。

私は、そこに「五十六センチ」を見た。

こんなに絞っても。

私は、この脚の呪いを解くことができなかったのである。

その後、私は過食に転じた。

泣いた。

一か月後、体重は四十八キロに戻った。もちろん太腿は安定の五十八センチだ。私は、思ったのである。いや、ここまで来ると、天が私に思わせたのである。

あーあ、こんなに脚が太くなければ。

何の悩みもないのに。

その瞬間まで、よもや自分が美容外科の門を叩くことになるなど、夢にも思っていなかった。

最初の脂肪吸引は、内腿と膝上だった。

術中は全身麻酔を施すという。手術どころか保健室の世話になったこともない私には、何もかもが未知の体験だった。当日は指示された通り朝から何も食べず、施術の二時間前からは、戒律のように水分の摂取も絶った。

しかし、相応の緊張はしたものの、私は全く怖くなかった。私は人生に絶望していたのだ。そういう人間は命とか生きるとか、そういったことがマジでどうでもよくなる。当時は瞬きすら億劫に感じた。

私は手術が失敗して死んでも、別にいいと思った。脚が驚異的に太い。施術代金は五十万円也で、何の迷いもなく一括で支払った。死を受け入れた人間に怖いものはないのだ。むしろ「安楽死の費用にしては安いな」と思った。そんな荒んだ心境で、私は人生初の外科手術に臨んだのである。

Ｇクリニックは、Ｔ区の繁華街にあった。

そのクリニックにした理由というのも、何か胡散臭かったからだ。私を一思いに八つ裂きにしてくれるだろうと、私は期待していた。

あれよあれよと事は進み、私はずぶりと手の甲に人生初の点滴を打たれた。真っ裸にされ、腰から下にイソジンと同じ色の消毒液をぶっかけられた。イソジンめっちゃ冷たい。そのまま手術台に仰向けになった。

目にいい匂いのするタオルが置かれる。ＵＦＯのように外科手術用の丸い照明が目前に迫ると、ああ、私は遂に死ぬんだと、深い納得感に包まれた。脚の細い看護師が何か言うと、点滴針の先が、さあっと不快な冷たさを帯び、ピリピリとした何とも言えない痛みが生じた。麻酔液が注入されたのだ。

心電図のピッ、ピッ、ピッ、を、二十まで数えたところで。

目覚めると、三時間が経過していた。

私は控室のベッドに寝かせられていた。顔を横にすると、部屋の隅におどろおどろしい酸素ボンベがある。あれは一体何に使うのだろう。いや、それより私は一体どうやってここまで運ばれてきたのだろう。

何はともあれ、思った。

あ、生きてる。

そして、愕然とした。

腰から下が、ピクリとも動かないのだ。

その控室からの帰路は、人生最大の試練となった。

まず、私はクリニックのガウンから自分の衣服に着替えねばならなかった。こんな日常的行為がここまで苦心に満ちたものになろうとは。何せ脚が持ち上がらないのだ。私はほとんど脚を真っ直ぐ伸ばしたまま、ある種の前衛パフォーマンスのように、何とかジャージを穿くに至った。靴下は即決で着用を諦めた。

そうして誰にも褒められることのない着替えが完了すると、私は何事もなかったかのように、Gクリニックを辞した。受付の前を、牛歩そのままに通り過ぎた。

冬空の下、交差点の信号を待ちながら、私はぶっ倒れそうだった。脚の不自由に加え、人生初の静脈麻酔が身体に堪えていたのだ。身体のどこかはっきりしない部分が怠く、ともすると気を失いそうなほど、頭がくらくらとした。

青信号になっても、私は一歩を踏み出す気力を全身から絞り出さなければならなかった。気力以前にこれは命に関わる問題である。この片側三車線の横断歩道を、私は制限時間内に渡り切れるのか。全く自信がないままトライし、半分にも行き着かないうちに信号が点滅し始めた。私は歯を食いしばって、ドライバーにガンつけられながら、とろとろ向こう岸に辿り着いた。

満身創痍という言葉の意味を、私はつくづく理解した。今や私はずたずたの精神のみならず、ずたずたの身体をも手に入れちまったというわけだ。そんなハードボイルドを気取る余裕は一ミリもなかった。

I市に帰還したのは、その二時間後だった。

しかし、物事には表と裏があるとはよく言ったものだ。自宅の椅子に「いたたたた」と腰を下ろしながら（ベッドに飛び込む、という選択肢はなかった。脚への衝撃が強過ぎるからだ）、私ははっと気づいたのである。あれ、私、あいつのことを全然考えてない。

麻酔から目覚めてからというもの、失恋のことは、一度も頭に浮かばなかった。

そりゃそうだ。

だって、脚がめっちゃ痛い。

それは、ものすごいことに思われた。私は何か月もの間、それ以外のことを考えられなかったのである。その日以来、私は件の失恋を忘れた。同時に幼稚な希死念慮も消えた。

人間の身体というのは、何はともあれ絶対的なものであること。身体に生じる実際の痛みは、何にも勝る支配者であること。それは、大いなる学びだった。学びでもあり、私はそれに救われる気がした。

よちよち台所に到達すると、ティーバッグの茶を淹れた。ずっと喉がからからだったのだ。帰る道すがら、自販機で水を買う余裕すらなかった。

私は悟った。私の人生最大の試練は、たった今更新されたのだと。失恋などもうどうでもいいことだ。

人生最大の試練。

それは「内腿と膝上の脂肪吸引を受けた後に自力で帰宅する」ことだ。

静かに熱い茶を飲んだ。

その頃には既に、脚の痛みに言いようのない愛着を抱いていたのである。

包帯は翌朝まで解いてはいけないことになっていた。私は言われた通り、そのまま就寝した。

脂肪吸引直後の痛みの八割は、カニューレが皮下脂肪を掻き回したことによる直接的な痛みだ。残る二割は包帯の巻き方がきつ過ぎることによる間接的な痛みだ。現に容赦なく巻きに巻かれた包帯を解くのは、想像以上の難作業だった。

どこがどう絡まっているのかわからず、私は十分ほど苦戦した。遂に反則の鋏を持ち出すと、ちょきちょき邪魔な箇所を切った。切られた包帯が、はらはらフローリングに落ちる。カニューレが挿入された傷口には、麻酔液と体液で奇妙なピンク色になった生理用ナプキンがあてがわれていた。

最後の一か所を切断すると、その太腿は、この世に露わになった。

息を呑んだ。

そこにあったのは、どう考えても自分の身体の一部とは思えないバヨバヨした異物だった。脚全体が、はち切れんばかりに腫れている。患部の肌はテラテラと、何とも言えない爬虫類のような質感である。一言で言うと、グロテスクだった。

しかし、それでもなお。

それでもなお。

あれほど頑固だった脂肪の塊が、そこには存在していなかった。


一週間後、経過観察のために、Gクリニックを訪れた。

いい匂いのする看護師がちょちょいと抜糸すると、執刀したE藤先生が現れた。

「調子はいかがですか？」

「大丈夫です」

それは、強がりではなかった。なおも歩行に難はあるものの、私は既に適応能力を示していた。

その日常生活における機能と皮膚の薄さから、内腿のダウンタイムは横綱級か、時に日本相撲協会の重鎮レベルになるという。即ちダウンタイム界の頂点に君臨するということだ。もっとも私がそうと実感するのは、それから幾度となく脂肪吸引を繰り返した後のことだ。全身の皮下脂肪を掻き出した私は、あるとき遠い目で呟く。そうね、やっぱり内腿が一番しんどいわ。

「まだまだ腫れっぽいけど、内出血は治まりましたね」

患部は術後三日目まで赤黒く染まっていたが、今では黄色くなっていた。順調に回復している証拠だという。

「あと三日もすると、拘縮《こうしゅく》（患部が一時的に硬くなる現象）が始まります。拘縮中も、圧迫は続けて下さいね」

「わかりました」

「一か月後にまた来て下さい。その頃には九十％の効果が出ているはずです」

E藤先生が医師の目で言うと、私はどうしようもなく胸がときめいた。蓋を開けてみると、Gクリニックで胡散臭いのは同じ雑居ビルの一階がピンサロという点だけだった。むしろそこは、知る人ぞ知る隠れ家的クリニックだったのだ。

「ちなみに、どれくらい取れたんですか？」

「純粋な脂肪だけで、一〇〇〇ccです」

E藤先生はカルテではなく、私の目を見て言った。

一〇〇〇cc。牛乳パック、一本分だ。

こうして私が脂肪吸引にハマったのは、自然な流れだった。内腿と膝上をやると、続けて外腿と裏腿と尻もやりたくなる。次は脹脛と足首だ。すると今度は腹周りが気になり始め、次第に上半身が重たく感じられるようになる。気づけば顎下と頬と「バッカルファット」までやっている。それから事は、振り出しに戻る。また内腿が、異様に太い気がする。肉を摘まんでみると、うわ、けっこう摘まめる。こうして同じ部位の「二巡目」が始まる。

脂肪吸引は、私の生き甲斐になった。生き甲斐と同時に私だけの哀しい義務だった。私は残念なことに、大変太く生まれた。だからこういう身体で生きるために必要な精神的強さを身につけた。だが、その精神的強さというのは、もう十分だったのだ。私は、弱い人間になりたかった。弱くても構わない人間に。つまり見た目でものを言える人間になりたかった。見た目が良ければどんな人生も肯定され得る。異論はあるだろうが、それは良い悪いを超えたところで、確実に人の世に存在する価値観だ。

身体の一部を外科的に引き剝がすことに対する抵抗は、ないわけではなかった。やり過ぎた結果、どこかで死ぬのではないかとも思った。それでも私は脂肪吸引を選び続けた。

それはE藤先生に拠るところが大きい。E藤先生には悪い意味での慣れというものがなかった。同じ患者の何度目の施術でも、必ず事前に入念な施術計画を立てた。慎重なほど時間をかけ触診し、吸引する箇所と量を正確に決めた。脂肪吸引のリスクとダウンタイムの過ごし方は、私が諳んじるほど部位ごとに細かく話した。術後は二三日おきにGクリニックから体調（生存）確認の電話が入るが、それにしても、受付や看護師ではなく毎回E藤先生自らが行っていた。幸か不幸か、E藤先生は信頼できる医師だったのである。

　脂肪吸引が私の心を摑んだのには、さらなる理由があった。

　まず、脂肪吸引は裏切らない。脂肪吸引は脂肪細胞そのものを消滅させるからだ。かたやダイエットというのは一つ一つの脂肪細胞を小さくする活動と言える。それが尊いことに疑いの余地はないが、ダイエットだと常にリバウンドする可能性と隣り合わせだ。それには脂肪吸引で実現されるような、痩身の半永続性は望めない。

　脂肪吸引は、即ち無駄に帰することがない。投資した分だけ確実に、結果は蓄積されるのだ。

　それは、私の性格に合っていた。私は無駄を極度に恐れる人間だったのだ。何か「有意義な」ことをしていないと落ち着かず、常に「何かしなければ」という焦燥があった。もっともそんな性格とて、私はこの脚が遠因だと考えている。この脚のために、私が僅かでも価値ある人間になってみせんと人よりあくせくした性格になったのは、いわば世を生き抜くための要請だった。

とりわけ術後の強烈なダウンタイムは、そんな私の焦燥にぴったり寄り添うパートナーになった。「何かしなければ」は「ダウンタイムに耐える」ことで、見事に解消された。ダウンタイムは未来の痩身を約束するものだから、それはこれ以上ない「有意義な」行為だ。

例えば三連休が見えてくると、私ははたと考える。この三連休を、何もせず過ごすのはもったいない。何か三連休を存分に活かせることをしよう。

答えは無論、脂肪吸引だ。

私は決める。この三連休は、粛々とダウンタイムに耐える時間にしよう。何の苦痛もない身体でヌクヌク過ごすのではなく、私は満身創痍の三日間を、何とか乗り越えてみせるのだ。それは平凡な日常生活では味わうことのないサバイバル感覚をも呼び起こす。

現にダウンタイム中は「この調子でいけば未来は明るいなあ」と、じんわり前向きな気持ちになるものだ。なぜなら誰が何と言おうと、私の脂肪細胞の数は、今ここに過去最小なのである。その代償たるダウンタイムとの闘いは、今も一歩一歩ゴールに近づいているのだという、私の好む着実感に繋がる。

日ごとに元の状態に戻っていく身体は、凡な生活に張りを持たせた。回復の過程はしばしば人を清々しい気分にさせる。例えば風邪が治りかけた時の爽快感。生理四日目の意外な調子の良さ。ふと解放された身体には、普段は感じることのない嬉しさが込み上げる。

私が淫したのは、その感覚だった。ダメージを受けた身体から潮のように苦痛が過ぎ去った時、私は誰も知らない達成感に満たされる。私はやるべきことをやり、耐えるべきことに耐えたのだと。

痛みには、どうやら中毒性がある。

私は日常的なダウンタイムに焦がれるようになった。にんげん目的ありきの痛みには存外強いものだ。ダウンタイムを終えた身体はすたすた街を歩き、物を落とせば何の覚悟もなくしゃがみ、上司に呼ばれれば機敏に振り返り、目覚めることなく何度も寝返りを打ちまくる。そんな状態に私は疑問を覚えるようになった。どうせなら何かに耐えてないともったいない。この焦燥を宥めるための、有意義なミッションが欲しい。

私は二三か月おきに、脂肪吸引を繰り返した。あたかもぬいぐるみの綿を抜いていくかのように。年がら年中タイツやガードルやコルセットに身体のどこかを圧迫されていた。真夏だろうが何だろうが年中無休だった。そのうち足の親指の爪には圧迫タイツによる横の線が入った。私は自分がバレリーナになったのかと思った。

私にとり、脂肪吸引には徒《いたずら》に金をかけた「折檻」の意味合いもあった。私は自分を不幸にした元凶たる身体を痛めつけることにより、あたかも復讐を果たしたかのような満足を覚える。その部位が猛省し、以前より細くなると、今回は許してやってもいいかという女王の気分になった。それは実際、かなり愉しい遊びだったのだ。

ここで疑問が生じるだろう。そんなスーパーでキュウリ買うみたいにバンバン脂肪吸引やるお金、一体どこにあったの。これには種も仕掛けもない。私は自分の月給とボーナスを使っていたのだ。

私は「二十四時間タタカエマスカ」を地で行く働き者だった。与えられた業務は完璧にこなし、しかも誰より早かった。残業も休日出勤も厭わずおまけに出勤も早い（ちなみに終電は九時半だ）。無論モチベーションは「脂肪吸引がしたい」の一言に尽きる。この唯一にして最強のモチベーションにより、私は馬車馬の如く働けた。入社四年目には社長賞を貰い、これまた基本給とボーナスが跳ね上がった。

そして、ここであのＩ市のマンションがものを言うのだ。言うまでもなく、東京の家賃は狂気のように高い。あのマンションがあればこそ、私はこうして脂肪吸引に金をつぎ込むことができる。脂肪吸引の他に、私が金を使いたい分野は何一つなかった。

脂肪吸引。

それは、私と脂肪細胞との、果てしない聖戦だ。

繰り返そう。

ありがとう、バブル経済よ。そして、おっちょこちょいの両親よ。

「どうしたの、大丈夫？」

その日、会社のエレベーターは保守点検で運転停止中だった。私と経理のK田は階段で九階の会議室に向かうところだった。私たちは遅刻寸前だった。

私は脚を止めず「大丈夫」とK田を見上げた。

「怪我でもしたの？」

「いや、週末ジムで張り切っちゃってさ。すごい筋肉痛」

それは筋肉痛などではなかった。先のダウンタイムのピークだったのだ。しかし、エレベーターの点検は想定外だったものの、私とて二十三回の脂肪吸引をくぐり抜けてきた猛者だ。こういう事態には慣れていた。

とは言え私も焦っていた。会議に遅刻するわけにはいかぬ。K田を涼しい顔で追い越しながら、私はびりびり悲鳴を上げる脚に鞭打った。

「なんでそんなジムで頑張るの？」

「だって、健康にいいし」

K田は三段で私に追いつくと「それ持とうか」と手を差し出した。私の抱えるPCその他を持とうというのだ。

荷物があってもなくても脚の苦痛は変わらないが、私はその申し出に応じた。以前の私だったら「大丈夫、ありがとう」で済ませていただろう。こうも人に甘えることはできなかった。私はK田の背中を急ぐペンギンのように追った。

脂肪吸引に手を出してからというもの、私は以前より明るく社交的になった。少なくとも人並みの性格にはなった。今や私の太腿は、周囲四十七センチにまで縮小していたのだ。

　このころ既に、私とＫ田はもう一年近く恋愛していた。ところがいい大人の私たちは、未だ「プラトニック」だった。Ｋ田は一度、私が敬虔なクリスチャンなのかと訊いた。私は違うと答えた。それはもっと即物的な話だ。単に身体のどこかがいつもダウンタイムだから、何が起こるか知れない肉弾戦には使えないだけだ。そういう部位は、痣か拘縮の色に、ありありと染まっている。

　事件は唐突に起きた。弟が結婚したのだ。

　本来であれば、あまり仲の良くない弟の結婚など私にはどうでもいいことだった。

「姉ちゃん、その家譲ってくんないか？　おれ新しい職場の最寄りが西武線なんだよ」

　そんなメッセージをＬＩＮＥで受信した私は、しばし呆然となった。この家をお前に明け渡せだと？　そんなの「はい、わかりました」と言えるわけなかった。

　私は弟に反論すべく、スマホの画面を睨んだ。しかし、それはどうも得策ではなかった。何せ相手には「これから家庭を築く」大義名分がある。それは問答無用の錦の御旗、アラサー独身女である私には天変地異が起きても勝てないどころか、戦をすることさえ許されない相手だ。

まず、私は那覇在住の両親に相談することにした。あわよくば私のために、援護射撃してはくれまいか。

既に根回しはされていた。

「これからヒロ君は家庭を持つのよ。ここはお姉ちゃんが退《ひ》くのが筋でしょう。一人で3LDKは広過ぎるし」

「そうだぞ、お前はガンガン稼いでることだし、いつまでも親の脛を齧るんじゃない」

何も言い返せなかった。その後「私が来月末までに出ていく」ことで話は「まとまった」。

その晩、フローリングに体育座りした私は壁のカレンダーを見上げた。来月末といったらあと五十日だ。五十日後から東京で家賃を払う生活が始まる。すると脂肪吸引の頻度は今の二三か月おきから半年に一回まで落ちるだろう。東京は軒並み物価も高い。野菜などI市の三倍もするのだ。

もうあんまり脂肪吸引できなくなる。まだまだ排除すべき脂肪細胞の巣窟はたっぷりあるのに。その場で塞ぎ込んだ。

私が弟を厭う理由は至極単純だった。弟はスタイルがいいのだ。私よりずっと脚が細く、おまけに私のように脛毛や腕毛が密生していることもない。そのことを茶化す時、よく両親は「ヒロ君の脚は、まさに『葦』よねえ」と私の「脚」と比較しながら笑い合ったものだ。ついでに「ヒロ君の手は『紅葉の手』、お姉ちゃんの手は『もみじ饅頭（広島の名菓）の手』」とも言った。そうして三人で同じネタに、再三ウケていたものだ。私はせっせと勉学に精を出すしかなかった。

いや、今さら昔話などどうでもいい。私は転居先を見つけねば。

私は夜更けまで「都内　激安　ワンルーム」で検索し続けた。

そうか、結局のところ、両親はおっちょこちょいでも何でもなかったのだ。それどころかノストラダムス顔負けの先見の明により、息子一家の住居を予め準備していたのだ。そのおこぼれにあずかっただけでも私は感謝せねばなるまい。

それにしても、弟よ。なぜ都心の職場を転々としていたお前が、よりによって、その「西武線」沿いの職場に落ち着いたのだ？　それはいいにしても、なぜこの都民は十中八九地名すら知らないであろう土地に、定住せんとするのだ？　それが単なる偶然であることを、お姉ちゃんは瞳を閉じて信じることしかできないよ。

翌朝、私が出勤して最初にしたことは、弟の挙式に当たるよう出張の日程を調整することだった。

術後、一か月が経過した。

私にとり、脂肪吸引は季節の節目だ。もう五年近く、私の生活は脂肪吸引を中心に回っている。術後一か月は、そろそろ次の部位を検討する時期だった。

私はいっとき転居問題を忘れ、この愉しい作業に耽った。術後最低一年が経過していて、なおかついま最も脂肪細胞を掻き出せるのは、一体どこの部位だろう。

きのう私は一か月検診のために、Gクリニックを訪れた。

「先生、次の部位なんですけど」

切り出すと、E藤先生はカルテから顔を上げた。業界人らしく、患者に施術に至った経緯は訊かない主義だった。

「肘から先は、やっぱり無理なんでしょうか?」

私はパーカーの袖を引き上げると、ぶにっと肉を摘まんでみせた。一センチくらい摘まめた。世の大多数のクリニックでは、肘から先は吸引不可とされる。そこには繊細な神経が密集しているため、カニューレが神経を傷つけるリスクが高いからだ。と、これは既にE藤先生に何度か説明されていた。

「それは難しいねえ」

それ、前にも説明しましたよね。とは言わず、E藤先生は本当に難しそうな顔で、私の腕をぶにぶに触診した。

「ここが気になるの?」

「ええ、まあ」

厳密に言うと、気になっているというより、ここだけが未開の地だった。

「脂肪吸引はできないけど、ここはもともと脂肪が薄いから、注射でもけっこう効果でるよ」

やはり脂肪溶解注射の話になったか。私は「そうですか」と、袖を元に戻した。世には脂肪細胞の数を減らす注射というのがある。しかし目に見えないその皮膚下の化学反応を、私はどうしても信じることができない。

前に一度、脂肪溶解注射を試してみたことがある。が、そのダウンタイムのなさに、私は悶々と疑念を募らせただけだった。こんなの効くわけないと思った。脂肪吸引に限らず美容外科の威力はダウンタイムの辛さに比例する。ダウンタイムがヌルいということは、効果もイマイチということだ。

ひとたび脂肪吸引を経験すると、他の痩身法はおままごとにしか見えなくなる。脂肪吸引の確かさは、あの術後に目にするビーカーが物語る。そのビーカーの上部には、吸引直後の赤黄色い皮下脂肪そのものが、まざまざと浮遊しているのだ。脂肪が密度の小さい物質だとは、そのビーカーを見れば実によくわかる。つやつや蛍光灯の光を反射するそれには理屈を超えた説得力がある。

結局その日は部位を決めず、Gクリニックを出た。

そうだなあ。

私はそっと、脇腹に触れてみた。後光のように、はっと胸がときめく。まだ十分に摘める。その瞬間に、私は決めた。次は腹部上、腹部下、脇腹にしよう。前回の施術は一年以上前だから、時期的にも問題ない。

本来であれば、腹部の脂肪吸引の後はコルセットを使うことになるため、同時に圧迫できる腰も一緒にやってしまうのが効率的である。Ｅ藤先生は例外だが、業界では「どうせなら腰も」と患者に勧めるのが定石だ。しかしそれだと患者を術中に仰向けからうつ伏せにする一手間が生じ、そのとき患者が麻酔から目覚めてしまう恐れがある。そのため私は腰の施術はあえて、次々回以降とした。

私は術中に覚醒したことがあった。そのとき執刀したのはＥ藤先生ではなかった。あれはカニューレの傷口を縫われている時だった。

いきなり目覚めた私は「痛いっ」と叫んだ。身体のどこかがチクチク刺されているように感じた。吸引自体は終わっていたことが、不幸中の幸いではあった。もし目覚めたのが脂肪を掻き出している最中だったらと想像すると、今でもぞっとする。

しかし、真の恐怖はそのチクチクに耐えることではなかった。どういうわけか、私は呼吸困難に陥ったのである。上半身の痙攣にも見舞われ、所謂エクソシスト状態になった。私は息を吸い込むことができず「苦しい苦しい」と訴えた。急遽仰向けにされ、口にプラスティックの酸素吸入の器具があてがわれた。ところが私はその器具を必死になって取り外そうとしたという。要は私は手術台の上で暴れた。

幸か不幸か、その時のことは、断片的にしか覚えていない。最後の記憶は鳩尾《みぞおち》の消毒液が、異様に冷たかったことだ。そこで記憶は途切れ、私は再び静脈麻酔の意識喪失へ落ちた。

事後の説明によると、その恐怖体験は、私を仰向けからうつ伏せにしたことが、一つの原因だったらしい。何ら特殊な事態ではなく、しばしば発生するとのこと。確かにおぼろげに覚えている看護師たちの対応は、随分と落ち着いたものだった。しかし、そうだったのかと納得する一方、あの恐怖体験を、おいそれと忘れることはできなかった。だから私は一度に脂肪吸引する部位を、必ず表か裏に限定するようにしている。そして、執刀医には必ずE藤先生を指名する。

「じゃあ、次は配管」

そうして過去と未来の脂肪吸引に思いを馳せていた時、私は「コスト検討会」の末席にいた。

「配管は四・五ミリオンで見積だしてきてんだね？　これどれくらいの精度なの？」

陳腐な問いを発したのは「プロジェクト部長」なる禿げ頭だった。私は頭の回線を瞬時に切り替え利発そうに顔を上げた。

「まだ概算の段階ですが、精度は高いと思います。このA社は五年前に同地域でLNGの経験があるんです。設計は我々ではありませんが、単価レベルは同等のはずです。この地域ではさほどエスカレーションもありませんから」

幸か不幸か、私は物事を理路整然と説明するのが得意だ。

「ちなみにA社以外には当たった？」

「A社と同国最大手のB社にコンタクトしました。同国でこの規模の配管工事を請け負えるのは、この二社だけですね」

「なるほど」

「均すとB社の金はA社の一・五倍だったので、今回はA社をコストベースにしました」

「B社は何が高かったの」

「レイバーです。A社はR国の出稼ぎ労働者を使いますが、国営のB社は自国の労働者が中心です」

と、資料に書いてあるだろ。

「なるほど、よくわかった」

よし。私は何とか切り抜けたようである。ちょっと緊張したが、ポケモンのように経験値が上がり、レベルアップしたと感じる。以前より簡潔に物を説明できるようになったし、ちゃんと定量的に示すこともできた。しかし冒頭の「精度は高いと思います」は、イマイチだったなと反省する。「思います」は曖昧だから、極力使わないほうがいい。「高いです」と断定するか「X程度に高いです」と客観的に示すべきだ。

幸か不幸か、私は向上心の高い人間である。この学びをさり気なく手帳の隅に書き取った。そのときプロジェクト部長が、しなくてもいい発言をした。

「君、名前は？」

はっと顔を上げ、私は名乗った。

「最近は若い女でも優秀なのがいるんだねえ。せいぜい婚期は逃さないようにね」

がははははは。

プロジェクト部長は黄色い歯で機嫌よく笑った。かたや同席していた面々は（いや、これヤバいっしょっ）と互いに目配せを交わした。こうした御仁がいるとて東証一部に名を連ねる大企業である。セクハラならぬ「コンプライアンス」には昨今皆が神経を研ぎ澄ませていた。

あえて誰も目を向けないが、皆が私の反応を窺っているのがわかる。私はいかにもプライドが高そうな女性社員だ。こいつ、喧嘩をおっぱじめるか？　激怒するか？　喚き散らすか？　私はクイズ番組の司会者のように、皆を焦らしている気分になった。

ところがどっこい、ここで私の調子が狂うと思ったら、お前ら大間違いである。「ありがとうございます」と無邪気に喜んでみせることくらい、全く造作ないことだった。赤子の手を捻るより容易い。毒を食らわば皿までと、ついでに満面の笑みも作る。脂肪吸引する前は、私の顔は笑うと一・七倍くらいに膨れ上がったものだ。今では笑顔などへっちゃらである。どうだ、可愛いだろ。

「あの時かっこよかったよ」

その晩、私はK田と外食した。K田も件のコスト検討会に参加していたのだ。

「ああいうジジイと正面から戦うのも大事だけど、時には受け流すのも大事だよな」

K田のコメントは、まあ平凡だった。

「私も入社した頃は、ああいう風にできなかったよ。いちいち落ち込んでた」

しかし、事は私の成熟だけで語れるほど単純ではない。確かに私は人並みの体型になってからというもの、人に寛容になった。ごく自然のこととして、いちいち人を疑ったり嫌ったりせず世を渡っていけるようになったのだ。それを成熟と呼ぶなら呼べばいいが、しかし、私はこの変化に自尊心というものの持つ力をまざまざと知り、それをつい最近まで自分が持っていなかったことに、愕然とした。それは取り返しのつかない大損失だったのだ。

それより遥かに大きかったのは、私の体型が人並みになると、皆が途端に優しくなった。だから私は「成熟」したのだ。脚以上にその変化を実感したのは顔だ。顔が小さくなると、周囲の態度は激変したのである。男女の別を問わず、その豹変には凄まじいものがあった。いかに従来の自分が蔑ろにされていたのかが知れた。

「そういえばS木、引っ越すの？」

私の達観などいざ知らず、K田は話題を変えた。

「え、そうだけど」

まだ誰にも話していないのに、何で知っているのか。

「だってここに来る途中もチラチラ不動産屋の貼紙チェックしてたでしょ。それに」

K田は流石に言い辛そうに「検索履歴を見ればわかる」と言った。

K田は目を逸らしたが、私の心は凪だった。スマホを覗かれたのは、どうでもよかった。K田に隠したいことがあるとすれば、それは私が脂肪吸引依存であることくらいだ。私は今更スマホで「脂肪吸引」などと検索したりしない。

「そう、今の家を出ることになってさ。まだ決めてないけど二つ三つ候補はあるよ」

それから間取りや採光や地価の話になった。最近社員寮を出たK田は現在賃貸マンションに住んでいる。会社から電車で十分ほどの、一階がファミリーマートになっているマンションだ。

K田は「俺んちに来れば」と、やおら提案した。

「えっ」

私は皿から顔を上げた。腹から声を出したせいで、K田ばかりか周囲の客も振り向く。

「でも迷惑でしょ」

K田と同居する案が浮上した。自分が赤の他人と暮らせるとは思えなかったが、ここに私の口は勝手に開いた。

「家賃は幾ら？」

何て、私は卑しいのだろう。問うと、K田はドン引きしたに違いないが、ここは男の沽券に関わるとでも思ったのか、何と「それは俺が払うよ」と言った。マジかよ。

「そうすれば毎朝馬鹿みたいに早起きしないでいいじゃん」

本当に私は家賃を払わないでいいのか。


私はいそいそ圧迫タイツを穿いた。その日は記念すべき術後一か月だったため、日中は久々に圧迫タイツを着用しなかった。脱皮を経て以前より強くなった蛇のような気持ちだ。しかしE藤先生に指示された通り、三か月目まで就寝時の着用は続ける。

圧迫タイツはアホみたいに締めつけが強い割に、下手に着用すると、いとも簡単に裂けてしまう代物だ。既に何代目か知れないそれを、私は熟練した手つきで腰まで持ち上げた。

拘縮から解放されつつある太腿は、輝かしいほど前より細くなっている。もっと細くなれ、もっと細くなれ。私は熱い眼差しを黄色い太腿に注ぐ。それは、もはや親心と言ってもよかった。私は聖母のように、この出来の悪い子を見守り続けるのだ。

K田のことである。私はK田と住む選択肢をどうしたものか、決めかねていた。

私はそこまでK田が好きではなかった。K田の容姿容貌があまり好きではないのだ。K田は同い年で、顔は平凡で、体格も平凡で、仕事振りは普通だった。ただそれだけだった。

私はもう随分前から人を見た目で判断するようになっていた。それは私が悲愴なほど見た目で判断されてきたからだ。だから文字通り身を削って、その向上に血道を上げてきたからだ。誰が何と言おうと、私は今更「人は内面だ」などと鞍替えすることはできない。脂肪吸引が私にもたらしたもの、私が脂肪吸引に捧げたもの。それらはあまりに壮大なため、私はそれらをおいそれと投げ出すことはしないし、できないのだ。

私もそれに、疑問もないわけじゃない。しかし私はそれをこびりつくほど内面化することで、今日まで生き延びてきた。なぜならこの脚こそが、私の直面する現実の全てだったから。その価値観の下で私は窮地に陥るし、奮闘もするし、無上の嬉しさが込み上げることもある。

それにたとえK田を好きだったとしても、私には一緒に暮らせない理由がある。同居したら今のように脂肪吸引できなくなるのだ。

刑事じゃないが、脂肪吸引は必ず何らかの痕跡を残す。大量の包帯、怪しげな抗生剤と鎮痛剤、見たことない圧迫用具、そして何より同居人の挙動不審と評してもいいぎこちない動作。別々に暮らしていればこそ「ジムで筋肉痛になった」云々の嘘は通用するのだ。いっそK田に脂肪吸引依存であることを話そうか。一時その考えが過ぎった。しかし不自然に固い内腿を撫でながら、いや、私はそこまで開けっ広げにはなれないなと思った。こんなに脂肪吸引したことを、私は生涯誰にも話さないだろう。ぜんぶ墓場まで持っていく。それを卑怯とか姑息とか詐欺とか呼ぶのなら、大きな声で、そう呼んでくれ。

潮時かな。

K田は可愛いやつだ。しかし私はK田のために、脂肪吸引と手を切ることはできない。

でもなあ。

どうしたもんかなあと、私はオッサンのように腹を撫でた。そして、あれ、と手を止めた。何だか肉が薄くないか。摘まんでみる。あれ？　どういうわけか、午後のコスト検討会では摘まめたにもかかわらず、同じ脇腹には今そんなに肉はついていない。不思議になって、急ぎ鏡の前に立ってみた。

あれこれ原因を探った末に、私はこの怪奇現象を明かした。コスト検討会の時、資料を見ていた私はかなり前屈みだったのだ。その体勢になると、ほら、僅かに肉が出てくる。なるほどこれならしっかり摘まめる。ところが直立すると、その脂肪は摘まめなくなった。

私は不安に襲われた。E藤先生は摘まめない脂肪は吸引しないのである。するとどんなに患者が泣きついても執刀しない。

どうしよう。

再度E藤先生に相談するにしても、別の部位も検討しなければならない。私は身体中の肉を摘まんでみた。どこも脂肪の存在感が薄い。再三無理だと言われたことも忘れ、熱心に肘先も摘まんでいた。

一時間後。

潮時かな。

その場に小さく体育座りした。最近ようやく気づくようになってきた、E藤先生のちょっと困った表情を思い出す。今までそんなことは考えたこともなかったが、潮時なのは、こっちなのかもしれない。

脂肪吸引を、卒業する。

それは、一体どういうことだろう。

それは、もう今いじょう細くなれないことを意味した。私の人生からこの「前進している感じ」が失われることを意味した。この身体が現状のまま、何の変化もなしに私に死ぬまで張りつくというのか。そんな平坦なダウンタイムすらない日常に、私は耐えられるだろうか。

久々に鬱っぽく落ち込む。なぜ私はこんな面倒な人間に生まれてしまったのだろう。誰も答えない問いは、あと四週間で別の誰かに使われる脱衣所に行き場もなく漂う。

一週間後、私の太腿は周囲四十六センチに到達せんとしていた。

Ｋ田にこう訊いてみた。

「Ｋ田は私のどこがいいと思う」

私たちは、その晩も外食中だった。Ｋ田はいきなり何だ、と怪訝そうにしたが、それでも五秒ほど考えてから答えた。

「一生懸命仕事して、真面目で、芯があるところ」

Ｋ田のコメントは、やはり悉く平凡だった。それにしても「芯があるところ」か。私は自分が鉛筆になったような気がした。

「つまり私の内面がいいってこと？」

「え、そうだけど」

「当たり前だろ」とばかりにＫ田は答えた。そして、何の躊躇いもなく、こう言った。

「だって、大切なものは目に見えないって、よく言うじゃん」

私は、何も言えなかった。

お前は……一体どこの星の王子さまだ。

同居の如何については、何も進展はなかった。

帰り道。遂にここまで来てしまったかと、私は一心に西を目指す車窓を眺めた。私には、これはどうすることもできないことだった。

内面が好きと明言する人間は、絶対に信用できない。

私は、そう考えていた。

一生懸命？　真面目？　芯がある？

私は言葉遣いをいちいち非難したいのではない。そうではなくて、内面が好きだと何のてらいもなく言ってのける、その根性がいけ好かないのだ。

大切なものは、目に見えるぞ。

もしＫ田の言が本心からだとしたら、私はＫ田の類稀なる幸運が憎い。外見でさしたる損も得もしてこなかった、その人生に嫉妬する。無邪気に「人は内面だ」などとは口が裂けても言えない人間が、この世にはいるのだ。

自分の醒めた目に、じっと見入った。

私は、こんなところまで来てしまった。もう二度と、Ｋ田が覗かせたような人間の最も美しい部分を手放しで受け入れることはできないだろう。そんなものが本当にあるとすればだが。

突き詰めたな、と感じた。これは一つのことに執着してきた末の、ある種の境地なのかもしれない。悲しいほど後悔はなかった。あったとしても、もう元に戻ることはできない。なるようになった。ただそれだけのことだ。凡人の感慨は、この程度で十分だろう。

果たして、Ｋ田はそんな人間ではなかった。

翌週の昼休み、私は六階の財務部に向った。七階の配管設計部のコピー機が故障したのだ。午後に紙で必要な資料があったため、私はＰＣに使用履歴のあった六階のコピー機に出力した。

私は忍び足で、財務部に入った。本当は他部署のコピー機を使ってはイカンのだ。もっとも昼休み序盤のことで、そこには誰もいなかった。

「だからさあ、急いでるから社内便じゃなくて直接持ってけって、そう言っただろ」

それは、私がコピー機に到達した時だった。やおら誰かの恫喝が聞こえ、ぎょっと振り返ると遠目にＫ田が見えた。経理は財務の隣にあるのだ。

「そうでした、本当にすみ……」

「派遣なんだからそれくらいちゃんとやってよ。申込は今日までなんだよ？」

Ｋ田はバンと相手の机を叩いた。

「本当にごめんなさい」

その人はＫ田に平身低頭した。それから配達センターに行って件の社内便を回収して来ると、可哀想なほど狼狽《うろた》えながら廊下に飛び出した。見間違いでなければすっかり涙目になっていた。

私は、超ビックリした。大人しいはずのＫ田がこうも横暴に振る舞うとは。自分の目にした光景が信じられず、私はよっぽど双子の兄貴じゃないかと思った。

しかし、私はこの時ほどＫ田を近しく感じたことはなかった。奇妙な安堵すら覚えた。今しも出て行った人は、非常に脚が太かった。脚のみならず、腹も尻も腕も顔も全部だ。かつての私のように。だから、Ｋ田はあれほど威張れたのだ。そうに違いなかった。

うっかりＫ田と目が合ってしまった。本来いるはずのない私を認め、Ｋ田も超ビックリしていた。そこで私とＫ田の関わりは終わった。

私は、Ｋ田の平凡なところがいいと思う。五秒ほど考えてから、私はそう思った。平凡で、普通で、甚だ人間らしいところ。やっぱりお前は王子さまなどではなかった。

その十日後に、Ｇクリニックを訪れた。

「先生、次の部位なんですけど」

私は口火を切った。もう一度裏腿と尻をやりたいと、いつものように主張した。早速ズボンを膝まで下ろし、触診して貰う。Ｅ藤先生は悩ましそうに「ここならまだ取れるかなあ」などと呟いたりし、その姿はある種、芸術家のようだった。

この時間のもたらす高揚感は、静かに身体全体に満ちた。それを今日の私は意識的に噛み締めてみる。じっとしてたら、いつしか涙が出そうになっていた。

まだ、続けるのか？

私は自問してみる。

そんな患者の心境を知ってか知らずか、その日、E藤先生はふと洩らした。

「あなたは自分の脚が大好きなんだね」

最初、私はE藤先生が何を言っているのかわからなかった。それから「好きじゃないですよ」と直ちに振り返った。

「そんなわけないじゃないですか。嫌いだから、こうして変えようとしてるんです」

私は、そのE藤先生の呟きにちょっと自分でも戸惑うほど憤慨してしまった。否、失望したと言ってもいい。言うまでもなく、私とこの異様に発達した脚との闘いは、私とE藤先生だけが知るところなのだ。私の苦悩などをいちいちE藤先生に語ったことはないにしても、E藤先生だけは、このむしろ淡々と演じられた闘いの何たるかを理解してくれているはずだった。

「そうかなあ。本当は大事に思ってるから、こんなにお金も時間も掛けるんじゃないの？私はいろんな患者様を見てきたけど、あなたほど自分の身体に向き合う人はいないよ」

でも。

私は言葉に詰まり、何も言い返せなかった。

「でも？　やっぱり自分の脚は嫌いなの？」

「はい」

「そうか」

E藤先生は笑った。

「これは医者としてじゃなく、一人の人間として言うんだけど、怒らないでね」

「怒りませんよ」

「私は、あなたが人よりうんと頑張れる人になれたのは、その脚のお陰なんじゃないかと思うわ」

E藤先生はひらりと立ち上がった。私の脚からしっとりした手の感触が消えた。私はジーパンを上げるのも忘れ、長いあいだ壁を見ていた。

ねえ、あなたの脚が、ずっとずっと、あなたを守ってきてくれたんだとは思わない？


その晩、私はT区の繁華街にいた。

飲み屋の隣に座った何某に、K田のことを話してみた。

「あんた、そいつが絶世の美男だったら、好きになってたと思う？」

「どうだろうなあ」

私はK田をハリウッド俳優に変身させてみた。それでも心は動かなかった。そんな思考実験で新たに気づいたのは、私は実のところ、他人の容姿容貌にはこれっぽっちも関心がないのではないかということ。そもそも私は人の顔を覚えるのが大の苦手だし、アイドルや芸能人に熱を上げたこともない。本当は容姿容貌などどうでもいいと思っている側面も、私の中にはあるのではないか。

とりあえず、何某と三回目の乾杯。

何某は、物凄い厚化粧の人物だった。K田をリバー・フェニックスにしてみたが（「古っ」と言われた）、やっぱり好きじゃないと私が答えると、そりゃあそうでしょう、と何某は深く頷いた。

そして、私の目を見て言った。

「だって、人は見た目じゃない。心だもの」

マスカラが大繁殖した目には、白目が見えなかった。私は「そうだね」と深く同意し、つと脚を組み替えた。すると「あらあ」と、その目がはっと見開き、初めて白目が覗けた。

「あんた、いい脚してるわねえ。すごいあんたに似合ってるわ」

私は賞賛された。否、私の脚がだ。胸が熱くなって、私ははにかむのも忘れた。だって、この血で血を洗う歴史を持つ脚は、私の戦果だ。この脚には最初から細かった脚にはない覇気が宿っている。あんた、いい脚してるわねえ。これほど嬉しいことはなかった。

私は未だ、脂肪吸引と手を切る決心がつかない。手を切ったとて、この宿命のような痩身願望がいきなり私の身体から抜けるとも思えない。

それでも午後十一時を過ぎたカウンターの席で、私は褒められたばかりの組んだ太腿の間に、そっと両手をねじ込んでみた。

柔らかく、あったかいと感じた。

私の脚どの、今のご機嫌はいかが。

初出
「ケチる貴方」「群像」二〇二二年三月号
「その周囲、五十八センチ」「鐘」第三十三号　大阪女性文芸協会編
本書は単行本化にあたり大幅に加筆・改稿しました。

●参考文献

アレックス・クチンスキー『ビューティ・ジャンキー』草鹿佐恵子訳、バジリコ、二〇〇八年

装画　西山寛紀
装幀　川名 潤

石田夏穂

（いしだ・かほ）


1991年埼玉県生まれ。東京工業大学工学部卒。

2020年本書収録「その周囲、五十八センチ」で第38回大阪女性文芸賞を受賞。

2021年「我が友、スミス」で第45回すばる文学賞佳作、同作で第166回芥川龍之介賞候補。

2022年本書表題作「ケチる貴方」で第44回野間文芸新人賞、
2023年「我が手の太陽」で第169回芥川龍之介賞候補となる。

ケチる貴方《あなた》

二〇二三年 一 月二四日 第一刷発行
二〇二三年一二月 六 日 第四刷発行

著者 石田《いしだ》夏穂《かほ》
発行者 髙橋明男
発行所 株式会社講談社
〒一一二‐八〇〇一 東京都文京区音羽二‐一二‐二一
電話 出版 〇三‐五三九五‐三五〇四
販売 〇三‐五三九五‐五八一七
業務 〇三‐五三九五‐三六一五
印刷所 TOPPAN株式会社
製本所 株式会社若林製本工場

KODANSHA

ISBN978-4-06-530358-0